LA ROMERA DE SANTIAGO

Tirso de Molina

- **El rey ORDOÑO**
- **LINDA, Infanta**
- **BLANCA, dama**
- **XIMENO**
- **LAURO**
- **Doña SOL**
- **ORTUÑO**
- **El conde don LISUARDO**
- **RELOJ, lacayo**
- **El conde GARCI Fernández**
- **FRUELA**
- **RAMIRO**
- **URRACA**
- **BERMUDO**
- **FÁVILA**
- **CRIADOS**
- **MÚSICA**

JORNADA PRIMERA

*Salen los que pudieren de acompañamiento, y el
conde don LISUARDO, de camino, y ORDOÑO:, rey de León, y
doña LINDA, infanta, su hermana, y siéntanse el rey
ORDOÑO: y la infanta LINDA*

ORDOÑO: ¿Conde?

LISUARDO: ¡Señor!

ORDOÑO: Escuchad.
La memoria de los reyes
hace asegurar las leyes
del temor y la lealtad,
  con el premio y el castigo
que son los polos por donde
suelen navegarse, conde,
estos dos mares que digo.
  Porque la difinición
de la justicia es igual
medida que cada cual
con la pena o galardón
  da lo que le toca. Yo
estoy de vos obligado,
y vos no tan bien pagado
como el valor mereció
  de vuestra heroica persona,
puesto que para pagallo
es poco con tal vasallo
partir, conde, la corona,
  y por ver si corresponde
la paga al valor igual,
quiero hacer un memorial
de vuestros servicios, conde.
  Cuando el moro de Navarra,
en ofensa de León
quiso hacer ostentación
de su persona bizarra,
  saliendo yo con la mía

del marte alarbe navarro,
al paso, vos tan bizarro
anduvistes aquel día
  que nos dimos la batalla,
que cuerpo a cuerpe le distes
muerte y en fuga pusistes
toda la alarbe canalla;
  y tanta africana luna
metistes de esta ocasión
arrastrando por León,
que envidié vuestra fortuna
  más que la de haber nacido
rey, en fin, porque es mayor
imperio el que da el valor
que el que en la tierra han tenido
  los príncipes que nacieron
con la dicha de heredallo;
que a tan valiente vasallo
reyes llegar no pudieron.
  Cuando sobre el feudo entró
Garci Fernández, el conde
de Castilla, hasta adonde
el Esla los pies bañó
  a sus soberbios caballos,
sobre la puente del río
no mostró el romano brío
de Horacio para estorballos
  el paso más valentía
que vos, pues a voces dijo
que erais rayo, que erais hijo
del sol, Castilla, aquel día.
  Cuando el moro cordobés
las cien doncellas pidió
que Mauregato le dio,
rey infame, vil leonés,
  y le obligó mi respuesta
a que pusiese en campaña
de la morisma de España
cuanta gente al arco apresta,
  adarga embraza y empuña,

lanza jineta aprestando
otro berberisco bando
por la gallega Coruña
    haciendo empeñar el suelo
y que el África se asombre,
¿no levantastes el nombre
de Ordoño segundo al cielo?
    Si estos los servicios son
del conde don Lisuardo,
y hacerle merced aguardo,
una Infanta de León,
    legítima hermana mía,
sola los basta a pagar,
y hoy la mano os he de dar;
de más de que merecía
    vuestra sangre este favor,
que no será la primera
que honrar vuestra casa espera.
LISUARDO: A tanta merced, señor,
    ni sé responder, ni acierto
a agradecer con razones;
bien que en tales ocasiones
es cordura el desacierto.
    Considere vuestra alteza
lo que propone mejor,
porque le viene el favor
muy sobrado a mi nobleza.
ORDOÑO: Yo tengo considerado,
conde, el favor que os he hecho,
y es justicia y es derecho,
razón y razón de estado;
    porque, a granjear los dos,
conde, venimos así.
Tanto me conviene a mí
como os está bien a vos.
    Linda, mi hermana, ha de ser
vuestra esposa, y dad la mano
a la infanta.
LISUARDO: El soberano
favor me ha de enloquecer.

ORDOÑO:	Levántese, Linda, a dar
	la mano al conde.
LINDA:	Ocasión
	es, según sus partes son,
	que se pudo granjear
	a costa de mis deseos.
LISUARDO:	Llegar a tanto en tan poco
	me ha de hacer que goce loco
	tan soberanos empleos;
	traición parece que ha sido
	al gusto y a la ventura.
ORDOÑO:	Quien pagar, conde, procura
	lo mucho que habéis servido,
	de esta suerte lo ha de hacer.
	Vuestro valor os levanta
	a la alteza de una infanta.
LISUARDO:	Sólo os puede responder,
	Ordoño, en esta ocasión,
	para no caer en mengua,
	el silencio, que en la lengua
	no hay sentimiento en razón
	del saber encarecer
	tan nunca vistos favores.
ORDOÑO:	Si pudieran ser mayores
	no los dudara de hacer.
	Dé la mano vuestra alteza,
	hermana, al conde.
LISUARDO:	Dejad
	que imagine que es verdad
	tanto bien, tanta grandeza
	primero, Ordoño valiente,
	generoso, heroico y justo,
	porque el gusto como el susto
	puede matar de repente.
	Con mil vidas que perdiera
	por vos, con que derramara
	de sangre un mar, no bastara
	para que comprar pudiera
	lo menos del bien que aguardo
	tan sin pensarlo.

LINDA: Yo estoy
       pagada en saber que soy
       del conde don Lisuardo.
            Ésta es mi mano y con ella
       el alma os rindo también.
LISUARDO: Si no es sueño tanto bien,
       loco estoy. Linda, más bella
            que el sol en belleza y nombre,
       a tanto cristal, a tanto
       del cielo y de amor espanto,
       no hay alma que no se asombre
            y mil tener estimara
       para ofrecer con la mano
       a vuestro pie soberano,
       prodigio de la más rara
            belleza que ha visto el suelo,
       de cuya mano divina
       con la mía el alma indina
       mide al sol rayo de hielo;
            puesto que en empresa igual
       más lince Amor, que Dios ciego
       hoy trueca flechas de fuego
       a cometas de cristal.
            Pero, señor, ¿con qué intento
       si esta merced me intentastes
       hacer, ponerme mandastes
       de camino? Un casamiento
            tan alto, ¿no requería
       galas cortesanas, antes
       que cosas que tan distantes
       son para tan grande día
            como las botas y espuelas?
       Perdonad, que enigmas son
       tan notable prevención
       de caminar, tantas velas
            de plumas en mis criados,
       tremolando al aire ya,
       adonde copiando está
       la primavera los prados
            en las galas de colores

y a quien el sol hace fiesta,
de cuya hermosa floresta
son clarines ruiseñores,
    y tanto apercibimiento
como León sale a ver,
dando, Ordoño, en qué entender
al sol, al abril y al viento,
    y todo tan diferente
que obliga a esta admiración.
ORDOÑO: No ha sido sin ocasión;
escuchadme atentamente.

    Desde el día que tomé
la resolución postrera
de casaros con la infanta,
mi hermana, con su belleza
premiando vuestros servicios,
quise que las bodas nuestras
fuesen en un mismo día,
para juntar ambas fiestas
y para mostrar el gusto
que yo tengo, conde, en ellas,
porque corramos los dos
en el estado parejas;
pues para tomarle yo
fue necesario que hiciera
primero las de mi hermana,
que es obligación y endeuda
con que los varones nacen;
y aunque Polonia y Bohemia,
Flandes, Borgoña y Castilla
me la han pedido, más fuerza
las obligaciones, conde,
que os tengo, me han hecho, y éstas
con la merced de la infanta
aún no quedan satisfechas.
Ésta es la causa de haberos
mandado con la grandeza
que tenéis, conde, aprestada,
que os pusieseis las espuelas

para que, luego que a Linda
la mano dieseis, partiera
vuestra persona a tratar
mis bodas a Ingalaterra
con Margarita, segunda
hija de Enrico, tan bella,
que la fama pasó el mar
hasta León con las nuevas,
para cuyo efecto agora
en la Coruña os esperan
cuatro bajeles, redondos
escollos que el mar navegan,
tan valientes y veloces
caballos en la carrera,
del campo de las espumas,
que en pocos días las leguas
que hay desde allí hasta Plemúa
medirán, poniendo en ella
duda al viento si son hijos
de su propia ligereza.
En aqueste pliego, conde,
va la carta de creencia,
la instrucción y mi retrato.
Dadme los brazos y sepa
lngalaterra por vos
de la Corona leonesa
la grandeza y el valor.
LISUARDO: Perdonara a vuestra alteza
la merced por la pensión
que viene, Ordoño, con ella.
Si fuera llevando a Linda
fuera donde el sol no llega,
adonde trueca en la Libia
por átomos las arenas;
pero no sé con qué vida,
con qué esperanza sin ella
podré llegar donde voy.
ORDOÑO: Con el gusto de la vuelta
la ausencia puede sufrirse.
LISUARDO: Como el rigor de la ausencia

primero se ha de pasar,
es necesario que sea
el valor más confiado,
más valiente la paciencia,
más sufrida la memoria,
la esperanza más resuelta;
mas donde méritos faltan
justo es que haya en recompensa
tanto infierno a tanto cielo,
a tal gloria tanta pena.
ORDOÑO: Esto, es tan forzoso, conde,
como veis, que porque fuera
a esta embajada con más
autoridad y grandeza
vuestra persona, he querido
honraros de esta manera,
dando primero la mano
a la infanta. De su alteza
os despedid, y adiós, conde.

Vase el rey ORDOÑO

LISUARDO: No tiene valor ni fuerza
para tanta empresa el alma.
LINDA: Conde, Dios os guarde y vuelva
a León con la salud
que, como es razón, desea
quien ha de ser vuestra esclava.
Porque, si es igual la ausencia,
entre dos que están amando
del que parte y del que queda,
partamos los sentimientos
entre los dos, por que sean,
partidas y acompañadas,
conde, menores las penas;
que yo os aseguro, conde,
que lleváis a Ingalaterra
un alma que os acompaña,
tan fina y tan verdadera

amante, en fe de la mano
que os di, que podréis con ella
tener del tiempo al pesar
penas y gustos a medias.
Y a Dios que os guarde.
LISUARDO: Esperad,
dejad que deje en la esfera
de la nieve de esas manos
con la boca el alma impresa.
LINDA: En el alma queda, conde,
donde con firmeza eterna
ha de vivir; Dios os guarde.
LISUARDO: Haced, Oriente, esas rejas
para verme partir; nazcan
vuestros dos soles en ellas
otra vez, no se me pongan
tan presto.
LINDA: Conde, quien tenga
menos causa de querer,
menos razón de estar ciega,
atreverse puede a tanto.
Permitidme, pues es fuerza
el ausentaros, que escuche
el mal, y que no le vea,
y guárdeos Dios.

Vase la infanta LINDA

LISUARDO: Dios os guarde.
Loco voy, y no me dejan
las mismas ansias partir.
¡Mal haya, enemiga ausencia
quien de amor te llama olvido
siendo pasión que te aumentas
en la misma privación!

Sale RELOJ, de camino con fieltro

RELOJ: No ha de ser mi norabuena
             la postrera, ¡vive Dios!
             Perdone la palaciega.
             ceremonia el caminante
             traje de fieltro y librea
             que a pisar indignamente
             éntre estas salas; y luengas
             edades goce vusía,
             vueselencia o vuestra alteza
             a la infanta, mi señora,
             que se me ha puesto en la testa
             que ha de heredar a León,
             porque le he visto con muestras
             de impotente al rey notables.
LISUARDO: ¿De qué suerte?
RELOJ: Es cosa cierta.
             Todo lampiño de barba
             y bigotes no procrea,
             porque son en el varón
             señales de fortaleza,
             como en éstos de templanza,
             y si alguna vez engendran
             en sus cluecos desposorios,
             son aves para la iglesia.
LISUARDO: ¿Cómo?
RELOJ: Capón es no más.
             Gente que trae sin vergüenza
             huevos de avestruz por caras,
             que las pestañas y cejas
             les han dado de barato,
             aunque algunos se consuelan
             cuando ven los angelitos
             pintados, pues con ser esta
             gente más honrada que ellos,
             en cinco mil primaveras
             de edad jamás han barbado.
LISUARDO: Siempre estás de una manera.
             ¡Oh lo que envidio tu humor!
RELOJ: También tengo mis tristezas;
             también gozo mis pesares;

también lloro mis ausencias;
también hay Juana y Lucía,
Marina, Aldonza y Quiteria
de quien despedirse el hombre;
que llevo de una gallega
en el alma atravesados
trece puntos de chinela
que, a estar en un facistol,
pudieran cantar por ellas
un motete, porque anduvo,
según la apariencia enseña,
con esta nación de pies
pródiga naturaleza;
y no tres puntos, seis puntos...
¡Jesús! En unas talegas
traigo los pies, y son vainas
donde el juanete profesa
tan gran clausura, que obliga
con las meninas tijeras
a la cuchillada en cruz,
y dice abajo una letra,
"Aquí mataron a un callo,
rueguen a doña Teresa
que se calce un punto más,
porque de esta suerte tenga
su apretado pie en descanso
de cordobán y de suela."

LISUARDO: Reírme has hecho sin gana
de tus disparates.

RELOJ: Pecas
mortalmente contra Amor
y no has de hallar quien te absuelva.
¿Sin gana? ¡Qué grosería!
¡Qué ingrata correspondencia!
¡Qué poca fineza! ¿Cómo
te puede sufrir la tierra?
¡Jesús, Jesús, qué notable
delito! Dios te convierta,
despojado Jeremías,
amante de la ley vieja,

Heráclito de los Condes.
LISUARDO: ¡Ah borracho!
RELOJ: ¿Quién lo niega?
LISUARDO: Adiós, Linda; adiós, hermoso
          cielo de amor, pues es fuerza
          dejaros, que hasta volver
          el alma en rehenes queda,
          y adiós, que parto sin alma.

Vase LISUARDO

RELOJ: ¿Sin alma? ¡Qué borrachera!
          Dóysela de dos la una
          a cualquier difunto. ¡Oh bestias
          de Amor! ¡Oh locos amantes,
          qué presto que el alma dejan,
          y como quien no hace nada
          se van por su pie sin ella
          trecientas leguas! Bien haya
          un lacayo, que si llega
          a despedirse de Elvira,
          de Catalina o de Menga,
          no trata de almas ni trata
          de más que de dar la vuelta
          con alma y cuerpo y tomar
          lo que le dan por fineza,
          si son cuellos o camisas
          y sin lágrimas ni quejas,
          suspiros ni otras embrollas,
          se despide a media rienda
          con un abrazo en aspón
          y un beso de castañeta;
          y sin hacer más misterios
          el se va y ella se queda.
          Yo le sigo. ¡Ah, pobre conde!
          ¡Cuál baja las escaleras
          de palacio! No me espanto
          de que la causa merezca
          este enamorado aplauso,

que Linda, la infanta, es bella,
y es infanta de León.

*Arriba en una ventana **LINDA** y **BLANCA***

BLANCA: Del conde es esta librea.
LINDA: Llámale, por vida tuya,
Blanca.
RELOJ: Adiós, paredes llenas
de nidos de golondrinas,
mondongas y urracas dueñas.
Adiós, patios de palacio
donde tantas y tan necias
pretensiones paseadas
hacen señal en las piedras.
BLANCA: ¡Hola! ¡Ah, lacayo del conde!
RELOJ: ¡Qué soberana belleza
en tiple me está oleando!
¿Quién sin ser cura me olea?
LINDA: ¿Partióse ya el conde?
BLANCA: Mira
que te está hablando su alteza.
RELOJ: Ya lo miro con dos ojos
y con treinta reverencias.
LINDA: ¿Partióse el conde?
RELOJ: Según
su sentimiento y su flema
pienso que no.
LINDA: ¿No eres tú
su criado?
RELOJ: Y de su alteza
muy servidor, porque soy,
hablando con reverencia,
a quien tiene el conde muchas
obligaciones y deudas,
de hacer merced por servicios,
que de persona y de lengua
le he hecho veinte años ha.
LINDA: Privarás con él, que muestras

desenfado cortesano.
RELOJ: Tengo muchas excelencias.
LINDA: ¿Cómo te llamas?
RELOJ: Reloj.
LINDA: ¡Notable nombre!
RELOJ: A mi abuela
le debo, después de Dios,
porque fui desde la teta
al reloj tan semejante,
que no hay cosa que convenga
tanto conmigo en tener
puntualidad en la eterna
vigilia de no dormir,
porque tengo la cabeza
con notable sequedad;
y no se halla quien duerma
menos que el reloj, pues nunca
como frenético deja
de dar en su tema a voces,
como yo doy en mi tema,
en estar midiendo siempre
el tiempo en aguar las fiestas,
diciendo, "Las doce son,
las dos darán las primeras,
mañana es viernes, señores."
Y ya que en dar no parezca
reloj, en pedir lo soy;
sólo doy en las tabernas,
que son mis parroquias, donde
tragos por horas me cuestan
por cuartos y por cuartillos.
LINDA: Pues haz, Reloj, que no sean
del tiempo a pesar las horas
tan largas en esta ausencia;
apresura al sol los pasos,
los siglos al tiempo abrevia
y te deberá la vida,
aunque es tan a costa de ella.

Salen GARCI Fernández y XIMENO,

criado

XIMENO: A gran cosa te aventuras
             si el mismo dia que llegas
             enamorado a León
             en demanda de esta empresa
             al conde don Lisuardo
             da el Rey a Linda, pues quedan
             capitulados y dadas
             las manos, premisas ciertas
             de que su esposo ha de ser,
             luego que de Ingalaterra
             vuelva el conde.
GARCI: Nunca amor
             de lo más fácil se precia.
             Garci Fernández, el conde
             de Castilla soy, y heredan
             más altas obligaciones
             mi valor y mi nobleza.
             Y aunque me niegue su hermana
             por nuestras pasadas guerras
             y diferencias, Ordoño,
             pretendo ser dueño de ella,
             o en la empresa he de morir.
RELOJ: Dadme, señora, licencia,
             porque el conde, mi señor,
             a estas horas galopea
             fuera de León, por dar
             más presto a veros la vuelta,
             y soy de la infantería
             y he de caminar por fuerza
             delante de su caballo
             o al lado de su litera.
LINDA: Dile al conde...
GARCI: Damas hay,
             don Ximén, en estas rejas
             que caen a los corredores.
RELOJ: Guarde Dios a vuestra alteza.
GARCI: La infanta es, y éste sin duda

que despidiéndose de ella
está, es lacayo del Conde.
LINDA: Dios te guarde.
RELOJ: Adiós.
LINDA: Espera,
y esta banda que te arroja
Blanca, al conde, Reloj, lleva
para que al cuello en mi nombre
le acompañe en esta ausencia,
a quien le da mi esperanza
la color y mi firmeza
el oro, y vuélvale el cielo
con la salud que desean
mis ojos verle en León.

Da la banda a BLANCA y vase

GARCI: Ximén, si no pareciera
locura de amor, matara
al lacayo.
BLANCA: Reloj, ésta
es la banda; adiós...

Echa la banda y vase

RELOJ: Adiós.

*Llega GARCI Fernández y cógela al
vuelo*

GARCI: Aparta, villano, y deja
trofeos de quien tus manos
son tan indignas, y cuenta
a tu dueño cómo un hombre
de más valor, de más prendas,
enamorado y celoso,
con esta banda se queda;

que me la pida del modo
que quisiere cuando vuelva
de Ingalaterra, que yo
le aguardo en León, si fuera
un Hércules, un Aquiles,
que no es razón que merezca
favores tan soberanos
menos que quien dueño sea
del mundo, como Alejandro,
para hacer a Linda reina
del mundo, o Garci Fernández,
conde de Castilla, esfera
donde esta banda ha de ser,
a pesar de la tormenta
de mis celos, arco hermoso
de la paz que amor desea
Vamos, Ximén.

RELOJ: ¡Vive Dios!

GARCI: ¿Qué dices?

RELOJ: ¿Yo? que me tengas
por tu amigo.

GARCI: Vete, pues.

RELOJ: Ya me voy; pero...

GARCI: ¿Qué esperas?

RELOJ: Nada, por cierto; mas mira,
si es posible con más flema,
que es de la infanta esa banda
y que no hay burlar con ella
ni con el conde, mi amo,
a quien se dirige, y fuera
razón tener cortesía;
y cuando no se la tengan
ausente, soy hombre yo
que la banda de su alteza
con tanta superchería
tiranizada por fuerza,
y en este lugar, sabré...

GARCI: ¿Qué sabrás?

RELOJ: Irme sin ella.

Vase RELOJ

GARCI: Loco con la banda voy.
XIMENO: ¡Notables cosas intentas!
GARCI: Para los pechos tan grandes
              se hicieron grandes empresas.

Vanse. Sale LINDA

LINDA: Cansada ausencia, dolor
              en el alma tan asido,
              parece que habéis nacido
              de un parto con el Amor.
              Vuestro enemigo rigor
              a un mismo tiempo sentí
              que del amor conocí
              el movimiento primero,
              tanto que de ausencia muero
              desde que al amor nací.
                Cuando yo no conocía
              qué era amor, imaginaba
              que quien a querer llegaba
              de ningún pesar sabía;
              mas agora cada día
              los daños de la apariencia
              desengañan la paciencia,
              que hallando a su mal testigos
              va descubriendo enemigos
              en el campo de la ausencia.
                Pensaba yo que el mayor
              era la ausencia no más;
              y vanme enseñando más,
              las espías de mi amor,
              porque celoso temor,
              las sospechas y el olvido
              acometen al sentido,
              monstruos.de tanto poder
              que se dan a conocer

primero que hayan nacido.

Sale BLANCA

BLANCA: Señora.
LINDA: Blanca.
BLANCA: Tu hermano
    manda avisarte primero
    porque cierto caballero,
    embajador castellano,
    quiere besarte la mano,
    y él excusa darle audiencia
    con esto, que en tu prudencia
    libra el desengaño.
LINDA: Ya
    entiendo al rey. ¿Dónde está?
BLANCA: Aquí, aguardando licencia.
LINDA: Dile que entre, que su intento
    justamente de mí fía.
    Notablemente porfía
    Castilla en mi casamiento;
    en pie recibirle intento,
    por que no quiero obligarme,
    que se siente con sentarme.

Sale GARCI Fernández con la banda
puesta

BLANCA: Llegad, que su alteza espera.
GARCI: ¡Qué hermosamente severa
    el audiencia aguarda a darme!
     ¡No he visto mayor valor
    con tan divina belleza!
    Deme los pies vuestra alteza.
LINDA: Levantaos, Embajador.
GARCI: Como otra deidad de amor
    suspende, turba y admira
    a quien su hermosura mira.

LINDA: (O es deseo o ilusión,   **Aparte**
            o hace la imaginación
            casi verdad la mentira,
               o ésta es la banda que di
            para el conde.) Blanca, escucha.
GARCI: Mucha es su cordura, y mucha
            su beldad; no estoy en mi.
LINDA: ¿No es ésta mi banda?
BLANCA: Sí,
            señora, o tan semejante,
            que es a engañaros bastante.
LINDA: La semejanza me está
            quitando el sentido.
GARCI: (Ya,   **Aparte**
            para poder ser amante
               más dichoso y confiado,
            en sus divinos despojos
            la infanta ha puesto los ojos
            con particular cuidado;
            siempre la Fortuna ha dado
            victoria al que es atrevido.)
LINDA: (Perdiendo estoy el sentido.   **Aparte**
            ¡Qué notable confusión!)
GARCI: De tan justa suspensión
            como viéndoos he tenido,
               puedo valerme, señora,
            para salvar el cuidado
            de no haberos preguntado,
            lo que es tan justo, hasta agora.
            ¿Cómo estáis?
LINDA: Como quien llora
            la ausencia del conde...
GARCI: (¡Ay, cielos!   **Aparte**
            Cuanto escucho y miro es celos.)
LINDA: ...que en bienes tan deseados
            es centro de mis cuidados
            y blanco de mis desvelos.
GARCI: El de Castilla pudiera,
            señora, formar de vos
            quejas, pues siendo los dos

de un nacimiento y esfera,
permitís que los prefiera
de vuestro hermano un vasallo.

LINDA: Ya en él tantas partes hallo,
después que le he dado el sí
y que la mano le di
de esposa, que aun igualallo
   quien goza la monarquía
del imperio no podrá;
y desengañarse ya
el de Castilla podría
sabiendo que no soy mía,
y que a sus cartas molestas
tan diferentes respuestas
tiene de Ordoño, mi hermano.

GARCI: Ama como castellano.

LINDA: Son necias finezas éstas
   cuando me ve en esperanzas
de otro dueño.

GARCI: No es razón
que hasta estar en posesión
que tenga desconfianza;
y hasta agora prenda alcanza
de esas manos, que a su amor
da esperanzas el calor
con que a dar celos se atreve
al sol, aunque no le lleve
otro bien su embajador;
   que está dando afrenta al día
de tus soles que hurtó al viento;
perdona el atrevimiento
y sus colores confía,
que una amorosa osadía
méritos gana.

LINDA: Es verdad,
cuando está la voluntad
de cobarde recatada;
mas prenda sin gusto hurtada
tiene poca calidad;
   porque tan necia osadía,

y a persona como yo,
si en delito no incurrió
no escapa de grosería;
y no es bien que prenda mía
nadie goce a mi pesar,
que no quiero averiguar
de la manera que ha sido,
sino dejarte corrido
con llegártela a quitar.

Arráncasela del cuello

De mi firma y de mi mano
esta respuesta y no más
a tu dueño llevarás,
embajador castellano;
y por vida de mi hermano
y del conde, si en razón
de esto has hecho relación
de mi autoridad ajena,
que te cuelguen de una almena,
la más alta de León.

Vase

GARCI: Esquivos arrojamientos,
varoniles bizarrías
contra obstinadas porfías
de imposibles escarmientos;
que cuando los pensamientos
ciegos con su error se casan,
más los límites traspasan
del fin en que se desvelan
con desengaños que hielan
y con desdenes que abrasan.

*Vase. Salen el conde don LISUARDO y FRUELA, LAURO,
RAMIRO y RELOJ, criados*

LISUARDO: Ya me parece que es hora
                de caminar, que los rayos
                del sol, licencia a las sombras
                por el ocaso van dando;
                que basta lo que hemos sido,
                mientras su fuerza ha durado,
                huéspedes de estos laureles
                y de estos cristales claros.
RELOJ: El marqués de Mantua fuiste,
                hoy con todos tus criados.
LISUARDO: ¿Cómo, Reloj?
RELOJ: Porque a todos,
                dando a la merienda aplauso,
                alrededor de una fuente
                mandaste sentar.
LISUARDO: El campo
                nos brindó.
RELOJ: ¿Qué te parecen
                los de Galicia?
LISUARDO: Retratos
                de los jardines Hibleos.
LAURO.   Los Elíseos los llamaron
                muchos antiguos.
LISUARDO: Tuvieron
                razón, que pienso que el mayo
                de estos campos, de estas cumbres,
                es eterno ciudadano,
                y que pueden a cristales
                hechos en peñas pedazos,
                apostar el Sil y el Miño
                con Guadalquivir y el Tajo,
                cuyas fértiles riberas,
                para hacer por abril palio
                al sol, parece que están
                flores a estrellas copiando.
                Plata y verde es la librea
                que dan los montes bizarros,
                siendo por faldas y cumbres
                los arroyos pasamanos,
                bendiciendo con las lenguas

que primero murmuraron,
al zafiro de los cielos,
la esmeralda de los prados,
que a no gozarlos tan triste
de ausente y enamorado,
fuera pasar por el cielo.
RELOJ: Alabando estás de espacio
los arroyos y los ríos,
cuando nos está brindando
Ribadavia, a quien venera
santa nación, por el santo
licor, que sobre un magosto
de castañas, hace raros
milagros. Perdonen todos
cuantos hay, tristes y blancos,
que éste es el rey de los vinos,
o el monarca.
LAURO: Eso está claro.
LISUARDO: Fértil tierra.
RELOJ: De esa suerte
bien puede un lacayo honrado
decir que es gallego agora.
LISUARDO: ¿Por qué no, si estos peñascos
a Castilla y a León
tan honrada sangre han dado,
que para gloria del mundo
basta el blasón de los Castros,
en Galicia tan antiguo?
RELOJ: Y los Relojes, ¿es barro
desde que se usaron horas?
Gente que siempre está dando,
a imitación de los condes
y marqueses.
LISUARDO: Reloj, paso,
no te desconciertes.
FRUELA: Siempre,
cuando está desconcertado
el reloj, suelen decir,
"el reloj está borracho."
RELOJ: No quitando lo presente,

señor escudero, hablando
con reverencia.
LISUARDO: En efecto,
¿el camino de Santiago
es éste?
RAMIRO: Y en toda Europa
no hay camino más cosario,
aunque entre el de Roma y entre
el del Sepulcro sagrado
de Jerusalén.
LAURO: No tiene
el mundo provincia en cuanto
el bautismo se predica
que a este antiguo santuario,
de nuestro patrón no envíe
peregrinos, ni apartado
mar, adonde el pasajero
y el piloto del naufragio
en la pared de su templo
no cuelgue tabla o milagro,
ni en las mazmorras de Fez
o Argel, cautivo cristiano
que no traiga la cadena
de su libertad, pagando
las gracias en esto al cielo
y al Patrón de España.
FRUELA: Es tanto,
que al camino que en el cielo
por causa de estar cuajado
de estrellas llamó el gentil
camino de leche, han dado
en llamarle vulgarmente
el camino de Santiago.
RELOJ: Y es de suerte, que viniendo
cierto labrador cansado
del campo a su casa humilde
una noche de verano,
queriendo hacerle su esposa
lisonja, en medio de un patio
le puso la cama al fresco;

mas él, los ojos alzando
al cielo y mirando encima
el camino de Santiago,
dio voces a su mujer,
y dijo, "¿No habéis mirado
dónde la cama habéis hecho?
¿Queréis que se caiga acaso
un bordón de un peregrino
de los que van caminando,
frasco lleno o calabaza,
y que me quiebre los cascos?"
Y creyéndolo los dos,
a un aposento, temblando,
con más miedo que vergüenza,
los colchones retiraron.
LISUARDO: El cuento me ha dado sed.
RELOJ: ¿Y risa no? ¡Caso extraño!
LISUARDO: Basta la que aquella fuente
entre cristalinos labios
muestra, brindando a beberla.
LAURO: ¿Quieres agua?
LISUARDO: Tráela, Lauro,
en un cristal que compita
con el hermoso y helado
de esa fuente.

Va por ella

RELOJ: ¡Infame antojo!
En mi vida me brindaron
para beber fuentecicas
ni arroyuelos despeñados
por traidores contra el vino.
Siempre entre dientes hablando,
y si por desdicha enferma
de tercianas un cristiano,
no hay fuente que le socorra,
con andar por esos campos,
sin tener que hacer baldias,

y no puede ser aguado
sino un rocío.

Sale LAURO con un vidrio de agua

LAURO: Aquí está
el agua.
LISUARDO: Muéstrala, Lauro,
y partamos.

*Salen doña SOL y URRACA de
peregrinas*

SOL: ¿Señor conde?...
LISUARDO: ¡Notable belleza!
SOL: Dadnos
limosna a estas dos romeras
que vienen de Santiago.
LISUARDO: Del mismo cielo parece
que las dos habéis bajado.
Merced me haced de correr
a los rostros soberanos
de los volantes dichosos
las cortinas.
SOL: No llegamos
haciendo esta ostentación;
si sois servido de darnos
limosna, hacednos merced,
y si no, el apóstol santo
en esta jornada os guíe.
LISUARD: ¡Esperad, esperad!
SOL: Vamos
con diferentes intentos.
LISUARDO: No es cortés término darnos
con las espaldas tan presto,
ni novedad suplicaros
que los volantes quitéis.
SOL: A quien es tan cortesano,

tan caballero y señor,
no será razón negarlo,
por no parecer nosotras
descorteses también.

Descúbrense

LISUARDO:	¡Raro
y más que admirable extremo
de hermosura! No me acabo
de persuadir que es verdad
tan peregrino milagro
de honestidad y belleza.
SOL:	Bebed, señor, y mandadnos
dar limosna.
LISUARDO:	¿Cómo pide
limosna quien está dando
pródiga, al mundo hermosura,
rica, al sol rayos dorados,
poderosa, al cielo envidia,
divina, al tiempo milagros?
Quien ha menester pediros,
romera, ¿cómo ha de daros,
ni qué ha menester pedir
quien almas viene robando?
SOL:	Yo soy, conde, una mujer
de Castilla, noble tanto
como su conde. Hice voto
de visitar el sagrado
sepulcro de nuestro apóstol;
de esta suerte caminando
a pie y pidiendo limosna,
aunque traigo mis criados
detrás con una litera
para los forzosos pasos
del camino, vuelvo agora
después de haber visitado
su sepulcro y su patrón,
a Castilla, publicando

mi devoción en las conchas,
veneras y santiagos
de azabache y de marfil,
que; como es costumbre, traigo
en sombrero y esclavina;
y quien sois, sabiendo acaso
de los vuestros, a pediros
las dos limosna llegamos.
Ved si nos la habéis de dar,
o guárdeos Dios.

LISUARDO: Alejandro
quedara corto, señora,
en esta ocasión. No hallo
para serviros, si no es
esta cadena que alabo
los diamantes, cuando estén
en vuestras hermosas manos,
por los mejores que ha visto
Ceylán.

SOL: Nosotras no vamos
sino es pidiendo limosna
por el voto de que os hago,
señor conde, relación,
y los diamantes dejadlos
para quien tan bien los luce,
que allá en Castilla no estamos
las mujeres como yo
tan faltas de ellos, que traigo
algunos con que poder
serviros y regalaros,
que pueden desafiarse
con más de una estrella a rayos.
Y el cielo os guarde con esto,
que me parece que estamos
los dos mal de esta manera;
vos, el tiempo dilatando
de caminar; yo, con vos
pasando ya del recato
los límites que me debo,
y que por quien soy me guardo,

            y es razón no detenerme,
            ni entreteneros hablando,
            caminaréis más aprisa
            y beberéis más despacio.
LISUARDO: Detente, que, vive Dios,
            que es rigor demasiado
            partirte de esa manera.
SOL: Pues ¿qué quieres?
LISUARDO: ¿Qué más claro
            te pueden hablar mis ojos
            de lo que te están hablando?
RELOJ: Y vos, dulce motilona,
            de este hermoso castellano
            serafín, no os vais; mirad
            que hay también quien os ha dado
            más corazón que a Belerma.
URRACA: ¿Y es Durandarte el lacayo?
RELOJ: ¡Qué presto me conociste!
URRACA: No basta el fieltro por ramo
            a el vinagre que vendéis?
RELOJ: Romera de los diablos,
            poco a poco, que, por Dios,
            que somos de un mismo paño,
            y que te haré una manera,
            sin saber cómo ni cuándo,
            en el alma.
URRACA: ¿De qué suerte?
RELOJ: Con un beso y dos abrazos.
URRACA: Yo lo doy por recibido;
            pero sepa que me llamo
            Urraca y soy de Castilla,
            y conmigo, señor ganso,
            no hay zorroclocos.
RELOJ: Vertiendo
            estás por ojos y labios
            seis mil ducados de renta.
URRACA: ¡Encarecimiento extraño!
RELOJ: ¿Pues hay más que encarecer
            que con dinero sepamos?
            ¿Hay mayor donaire? ¿Hay cosa

de más hermosura?

SOL: Tanto
os hacéis desentendido
de lo que soy, que me canso
de estar cansada con vos
de advertiros y escucharos;
hacedme merced de hacer
como quien sois, y dejarnos
proseguir nuestro camino,
sin que nos impida el paso
poco decoro a la sangre
que tengo, al antiguo y claro
blasón de algún apellido
que honra a España y que heredaron
estos nobles pensamientos
que veis, y que están brotando
valor y honor por los ojos,
por las palabras, por cuantos
átomos de sangre tengo
de ser mujer; que esto al alto
y al humilde suele siempre
obligar, y al más bizarro.
Sabed ser galán cortés,
no grosero cortesano.

LISUARDO: Dejadme besar la nieve
de una mano.

SOL: De mi mano
esperad, conde, más castas
hazañas, y reportaos;
no pasen las groserías
a poder llamarse agravios,
que--¡vive Dios!--que mujer
como soy, sepa dejaros
con desengaños de libre,
con presunciones de ingrato,
con escarmiento de necio
y castigos de villano.
Vamos, Urraca.

Vanse doña SOL y URRACA

RELOJ: ¡Y por Dios
            que ella no es mal papagayo!
LISUARDO: ¡Mujer peregrina en todo!
LAURO: ¿Has de beber?
LISUARDO: No, me abraso;
            para tan poco remedio,
            reparte a esas flores, Lauro,
            ese cristal para perlas,
            y caminemos, que parto
            sin mí, dejando los ojos
            en ese prodigio helado
            de Amor, en ese desdén
            peregrino, en ese mármol
            imposible.
RELOJ: ¿Y Linda?
LISUARDO: Linda,
            de mi amoroso cuidado
            ha de ser eterno dueño;
            y es en semejantes casos
            mujer propia, diferente
            de la que ciego idolatro
            por invencible y ajena,
RELOJ: ¿Apenas estás casado,
            cuando al primer trascartón
            quieres dar matrimoñazo?
LISUARDO: Déjame, necio.
RELOJ: Confieso
            que es verdad, que no te hablo
            al gusto, que eres señor
            al fin, y yo un mentecato.
            Digo, que la peregrina
            es querubín soberano,
            y que puede con los ojos
            matar a Poncio Pilato;
            y el contrapeso me deja
            perdido por sus pedazos,
            y que pretendo ser tordo
            de tan dulce Urraca.

LISUARDO: Vamos,
        y pase la gente toda
        delante, y sólo un lacayo,
        que es Reloj, quede conmigo,
        y cuatro o cinco criados,
        que quiero ir un poco a solas.
RELOJ: ¡Oh, mental enamorado!
LISUARDO: Loco por tus ojos voy
        romera de Santiago.

FIN DE LA PRIMERA JORNADA

JORNADA SEGUNDA

Salen doña SOL y URRACA solas, de la misma
suerte que primero

URRACA: Notablemente sentiste
          que te pidiese favores
          el conde.
SOL: Urraca, no ignores
          que esto hasta aquí me trae triste.
            ¡Que un señor, un caballero
          que más cortés debe ser
          con una honesta mujer
          anduviese tan grosero!
            ¿Diéronle acaso mis ojos,
          Urraca, alguna ocasión?
URRACA: Cuando tan livianos son
          animan a los antojos;
            culpa a tu misma hermosura
          de su atrevimiento.
SOL: Calla,
          que estas son disculpas que halla
          la necedad. ¿Por ventura
            estoy obligada a ser
          fea para no perderme
          el respeto; sin valerme
          el que debe a una mujer
            cualquier hombre principal,
          que es lo que se debe a sí?
URRACA: Tienes razón; pero di,
            ¿cómo te parecen mal
            todos los hombres?
SOL: Urraca,
          nací con esa aspereza.
URRACA: Siempre fue de la belleza
          la ingratitud sombra.

SOL: Saca
          de ese número la mía,
          y llámala inclinación
          honesta, sin la ambición
          de la hermosa hipocresía;
             que se precia, de ordinario,
          de hacer arte del desdén.
URRACA: Pues que te parezca bien
          algún hombre es necesario;
             siendo mujer y naciendo
          de los hombres.
SOL: Necia estás;
          no hace diferencia más
          un hombre presente viendo
             que de un árbol, una fuente,
          un edificio, un retrato.
URRACA: Corazón tienes ingrato,
          pues no hay hombre que te aumente
             un poco más el deseo
          que lo que está inanimado.
          Sin duda que se te ha helado
          el apetito; no creo
             que para mujer naciste.
SOL: Esto a quien soy corresponde.
URRACA: ¿Es posible que en el conde
          algunas partes no viste
             que te pareciesen bien?
SOL: ¿Quién, dime, por vida mía,
          te paga la tercería?
          ¿Quién te encargó mi desdén?
             Pues ¿cuándo sueles conmigo
          tener este atrevimiento?
URRACA: De tu mismo sentimiento
          son hijos los que te digo.
SOL: ¡Qué bien pareces criada,
          pues una apenas se ve
          en el mundo que no esté
          para tercera pagada!
             ¡Oh, enemigos no excusados
          de los dueños que ofendéis!

Murmuráis y malqueréis
regalados y pagados.
    ¡Qué de cosas se excusaran
si excusaros se pudiera!
URRACA: ¿Mandaste que la litera
y los criados pasaran
    adelante?
SOL: Urraca, si;
porque quiero caminar
hasta este primer lugar
a pie:
URRACA: Deberánte ansí,
    más que a abril, flores los prados.
SOL: Y yo a ti lo que callares,
que no son pocos pesares
sufrirte algunos enfados,
    de mi condición ajenos
y nuevos en mí hasta agora.
URRACA: Perdón te pido, señora,
y estos campos por lo menos
    enamoren tu hermosura.
SOL: La suya a la vida avisa
en el marchitarse aprisa.
Ya parece que procura   .
    el sol entrarse en el mar;
un poco más caminemos,
Urraca, porque lleguemos
con luz alguna al lugar.

Salen el conde don LISUARDO y todos sus criados
embozados, con bandas por las caras y las espadas desnudas

LISUARDO: ¡Teneos!
URRACA: ¿Qué es esto, cielos?
    ¡Perdidas somos!
SOL: Urraca,
no te aflijas, no te turbes;
que estas desnudas espadas
no quieren sangre.

URRACA: ¡Ay, señora!;
          ¿Qué quieren?
SOL: Oro y plata;
          que éstos son algunos hombres
          de obligaciones, que pasan
          necesidad y procuran
          de esta suerte remediarla
          saliéndose a los caminos.
          Deja que los hable.
URRACA: Acaba,
          y sepamos lo que intentan
          de esta suerte.
SOL: Camaradas,
          contra dos mujeres solas
          menos que una espada basta.
          Retiradlas, que si vuestra
          determinación lo causa
          necesidad de dineros,
          y dos mujeres honradas,
          que en este traje caminan,
          os parece qué esa falta
          pueden suplir, reportaos,
          y sin armas ni amenazas
          cortésmente os serviremos.

Descúbrese LISUARDO

LISUARDO: Romera hermosa y gallarda:
          sólo tu belleza busco.
URRACA: ¡Hablara para mañana!
SOL: ¿Quién sois?
URRACA: ¿Al conde, señora,
          no conoces?
SOL: No son trazas
          éstas de hombres como el conde,
          y así en quien era dudaba.
LISUARDO: Amor me obliga, romera,
          y tu desdén, que con tanta
          violencia a buscarte vuelva.

Procura menos ingrata
corresponderme, que estoy
perdido.
SOL: Conde, repara
en quien soy, y juntamente
que en hacerme ofensa agravias
lo más noble de Castilla;
que soy doña Sol de Lara,
condesa de Lara e hija
de don Manrique, a quien llama
España el nunca vencido;
que puesto que muerto falta
a mi honor, de él heredé
sangre tan noble, que basta
contra las locas porfías.
LISUARDO: Pues yo te doy, Sol, palabra
de marido.
SOL: Y el primero
que ha hecho cuando se casa
estelionato eres tú.
LISUARDO: ¿De qué suerte?
SOL: Si a la infanta
de León la has dado, conde,
¿cómo a un mismo tiempo tratas
otro casamiento? Advierte
que vienes ciego y que pasas
los límites de quien eres,
y prosigue tu jornada,
que no es razón
LISUARDO: No hay razón
en amor.
SOL: Ya se adelanta
eso a locura.
LISUARDO: Tú misma
me disculpas.
SOL: Y tú infamas
tu valor.
LISUARDO: Ya no hay valor.
SOL: Tendréle yo.
LISUARDO: No habrá humana

resistencia al amor mío.

SOL: ¿A un ciego apetito llamas
amor?

LISUARDO: Amor o apetito,
yo he de gozarte.

SOL: Ya manchas
con las palabras mi honor.

LISUARDO: No han de ser solas palabras.

SOL: Pues serán, conde, las obras
imposibles. Lo que el alma
rigiese esta sangre noble,
animare estas entrañas,
alentare este animoso
corazón, esta bizarra
presunción tuviese en pie,
o dejaré de ser Lara,
antes de mis padres hija,
doña Sol y castellana.

LISUARDO: Mi bien, ml gloria, mi dueño;
mujer sois, amor me abrasa;
vuestro soy, no me matéis
con tanto desdén, con tanta
ingratitud y aspereza,
que no hay ninguna inhumana
fiera que no quiera bien
su semejante. Las plantas,
las peñas, fuentes y ríos
con ser insensibles, aman.
Aquel ruiseñor escucha,
y verás que cuando canta
amorosas quejas son.
Mira allí cómo se abrazan
con los sauces y los olmos
las hiedras enamoradas.
Hasta aquel peñasco está
enamorando las aguas
de aquel cristal fugitivo.

SOL: Mira entre esas semejanzas
de amor, si nadie por fuerza
lo que le niegan alcanza.

Amor es correspondencia
entre dos iguales almas,
que la costumbre la engendra
y alimenta la esperanza.
Las principales mujeres
de la estimación se pagan,
y ésta es hija de los días
con el tiempo acreditadas;
que accidentes repetidos
de amor, finezas bastardas
cuando más arden, se hielan,
cuando comienzan, acaban;
que como del apetito
más que del amor cansadas,
corten por la posesión
y sobre el olvido paran.
Lo que no cuesta deseos
no lo estima el gusto en nada,
que a las fáciles empresas
siempre sigue la mudanza.
Da tiempo al tiempo, enamora,
con estimación regala,
sirve, ruega, desconfía,
escribe, recela, aguarda
y no atropelles por fuerza
prendas de tanta importancia,
pues no vienen a ser gustos
los del cuerpo sin el alma.

LISUARDO: De espacio estás, doña Sol;
y mis amorosas ansias
más presurosas caminan.

SOL: No sé si hallarán posada.

LISUARDO: Lleva mi amor privilegio.

SOL: Nunca recibe esta casa
huéspedes de esa manera,
porque tiene salvaguarda
del honor y del valor.
Tu ciego amor desengaña,
que no ha de pasar apenas
los umbrales. Conde, aparta;

que el bordón de una romera
con obligaciones tantas,
basta y sobra contra todas
las viles armas villanas
de un descortés caballero.
Haz lo que yo hiciere, Urraca,
o mataréte también.

URRACA: Haz cuenta qué te acompaña
una amazona.

RELOJ: Urraquilla,
aceituna sevillana,
si a Reloj no hay *rindibú*
te he de hacer a cuchilladas.

URRACA: De montante he de jugar;
lacayo: guardad la cara,
que he de echaros las narices
dos leguas de las quijadas.

LISUARDO: Sol, aunque más rayos eches,
tu defensa ha de ser vana,
que eres Sol, y al paso mismo
que te defiendes, abrasas.

SOL: Por eso, villano conde,
te sabré quemar las alas.

LISUARDO: Ríndete, Sol, a mi amor;
pues al amor veces tantas
se ha rendido el sol del cielo.

Éntranse acuchillando a doña SOL, y
dicen dentro

SOL: ¡Ay, que me has muerto!
LISUARDO: ¡Mal haya
mi espada y mi ingratitud!
Tened, tened las espadas.

LAURO: Sobre la hierba ha caído,
volviendo en coral la grama.

LISUARDO: Perderé también la vida
si a Sol la vida le falta.

BLANCA: ¿Cartas del Conde, señora?
LINDA: Sí, Blanca, del conde son,
cuyas letras con razón
el alma besa y adora.
BLANCA: Desde el camino te escribe;
finezas de desposado
y galán enamorado.
LINDA: Con estos socorros vive
mi esperanza y mi deseo;
que no tiene la paciencia,
contra el rigor de la ausencia,
otras armas.
BLANCA: No te veo
alegre como solías.
Todo te cansa y da guerra.
LINDA: Con el conde a Ingalaterra
se fueron mis alegrías.
Como no has llegado a amar.
no has sabido qué es tener
tristeza, llorar, temer,
esperar, desconfiar;
y mucho más que da el dueño
de esta ausencia, en cuya calma
toda es recelos el alma,
todo es temores el sueño.
¡Ay, Blanca, qué confusiones
quien quiere ausente padece;
y qué de miedo se ofrece
a las imaginaciones
cuando discurre quien ama
de veras! ¡Ay, Blanca mía!
Ven acá. ¿El conde podría,
acaso con otra dama,
darme en el camino celos,
y en Ingalaterra, donde
las hay tan bellas?
BLANCA: El conde

tendrá los mismos desvelos
        acerca de tu memoria,
    o de tu olvido también,
    pues te quiere el conde bien.
LINDA: Blanca, del amor la gloria
        mientras la presencia falta,
    tiene suspensiones todas.
BLANCA: Presto tus dichosas bodas
    el temor que sobresalta
        tu pecho sosegarán.
LINDA: Entretanto temo, espero,
    desconfío, vivo y muero,
    que es, Blanca, el conde galán,
        y miro en él infinitas
    partes para deseadas.
BLANCA: A las tuyas obligadas,
        ¿qué temores solicitas?
LINDA: Verdad es; mas puede ser,
    ya que la mano le di,
    que las mire el conde en mí
    como de propia mujer.
BLANCA: Tiene esta regla excepción
    en quien son como tu eres,
    que, aunque son propias mujeres,
    deidades humanas son.
        Al conde le tengo yo
    lástima, que irá perdido,
    sin consuelo, sin sentido,
    pues el bien que mereció
        por dicha, se le dilata
    con tanto rigor la ausencia,
    valiéndose la paciencia
    de una esperanza que mata
        cuando comenzó el deseo
    de la misma posesión;
    que una infanta de León
    no es tan ordinario empleo,
        que la privación de aquello
    que ha de volver agozar
    no le mate hasta llegar

a gozarlo y poseello;
   y después de poseído
y gozado, nunca el bien,
que es tan soberano en quien
está pasando, es creído;
   que pasa cuando se alcanza
con la misma posesión
el término a la razón,
el límite a la esperanza.
LINDA: ¡Qué bien que sabes hablar,
sin tener, Blanca, experiencia
en tan peligrosa ausencia!
BLANCA: Todo se viene a alcanzar
   con el humano discurso.
LINDA: Escuchar cantar quisiera,
porque quien amando espera
nunca tiene otro discurso.
   ¿Has traído el instrumento
contigo?
BLANCA: Señora, sí;
el instrumento está aquí;
toma, señora, un asiento,
   y templa con más prudencia
tu grave melancolía.
LINDA: Cántame, por vida mía,
algunas cosas de ausencia.

Canta

BLANCA: *"Madre, aquella niña*
de los ojos lindos,
matadores de hombres
sin ser basiliscos.
De su dueño ausente,
sus ojos son ríos,
su música endechas,
sus bailes suspiros.
Suspensa parece
que la han dado hechizos,

                                 sospechas de celos,
                                 temores y olvidos."

LINDA: Blanca, no prosigas más,
                que parece que cantando,
                con los temores, hablando
                de mis recelos estás
                   y, si como son recelos
                que se dan tanto a temer,
                llegasen acaso a ser,
                Blanca, averiguados celos.
                   Pienso que el seso perdiera;
                poco es al seso, la vida.
                Tanto esa causa homicida
                de tantos gustos hiciera
                   en mi pecho enamorado;
                y así, desde hoy, no te asombres,
                ni me lo cantes, ni nombres,
                basta que me den cuidado.
BLANCA: Siempre te he de obedecer.
LINDA: ¿Quien viene?
BLANCA: Su alteza.

Sale el rey ORDOÑO

ORDOÑO: Hermana,
                ¿tan á solas? La cuartana
                de la ausencia debe ser.
                   ¿Cómo se halla vuestra alteza
                de su gran melancolía?
LINDA: Con Blanca me entretenía
                cantando.
ORDOÑO: Tan gran tristeza,
                   sólo puede suspender
                la voz de Blanca.
LINDA: Confieso
                que debo infinito en eso
                a Blanca.
BLANCA: Si encarecer

           lo que servirte deseo
con eso intentas ahora,
toda la merced, señora,
que me estás haciendo creo.
ORDOÑO: Siempre la música ha sido,
en el amoroso asedio,
diversión, si no remedio,
porque es calma del sentido,
     que ésta es la razón de haber
fingido que suspendió
al infierno cuando entró
Orfeo por su mujer.
     Para encarecer así
la fuerza de la armonía
un filosofo decía
que era deidad de por sí.
     Que en nuestro mundo inferior
tienen partes soberanas
y son deidades humanas
amor, música y olor.
LINDA: Si añadiera la poesía
vuestra alteza, de otros cuatro
elementos al teatro
humano adornar podía;
     que a la tierra, al agua, al viento
y al fuego, los cuatro son
de tan igual proporción
como cualquier elemento.
     Primeramente la tierra
imita a la poesía
en la variedad que cría,
en la hermosura que encierra.
     La música al agua imita
que va con músico estruendo
dulce consonancia haciendo
cuando al mar se precipita.
     Al aire toca el olor,
y la cuarta y la postrera
del cielo, cercana esfera
que es del fuego, es el amor,

en cuya ardiente pasión,
para vengar los desvelos
de los humanos, los celos
fieras salamandras son;
    que agua, fuego, tierra y viento
tanto inficionando aquejan
con su aliento que no dejan
privilegiado elemento.
ORDOÑO: Mal encubre la experiencia
que es esta su enfermedad.
LINDA: Diciendo estoy la verdad
en el potro de la ausencia,
    que aunque a voces la confieso,
después que sin él me vi,
ya me trae fuera de mí
como es dolencia del seso;
    aunque a veces me confía
el mismo amor y valor
del conde.
ORDOÑO: Siempre el temor
ser de amor sombra porfia;
    pero para que no salga
con la suya, es menester
la imaginación vencer,
y que del tiempo se valga
    divirtiendo el pensamiento
el discursivo rigor.

Sale ORTUÑO

ORTUÑO: Aquí está el embajador
de Castilla, con intento
    de hablarte, porque ha venido
a la audiencia que le has dado
para este día.
ORDOÑO: Cansado
este embajador ha sido,
    tantos desengaños viendo
y tanta esquivez mostrando,

en irle así dilatando
lugar de escucharle.
ORTUÑO: Entiendo
    que con la resolución
    hoy volverse determina
    a Castilla.
LINDA: ¡Peregrina
    castellana obstlnación!
ORDOÑO: Aquí quiero darle audiencia,
    porque con más brevedad,
    viendo de tu voluntad
    y la mía la experiencia,
        se canse y se desengañe
    y dé la vuelta a Castilla.
    Entre, y llegadle una silla.

Vase ORTUÑO

LINDA: Hoy para que te acompañe
        en esta audiencia me obliga
    sólo tu gusto, que estoy
    obligada al que te doy;
    porque de ver que prosiga
        este embajador grosero
    con tan cansada embajada,
    me tiene, Ordoño, cansada.
ORDOÑO: Que hoy quedes con gusto espero.

Sale el conde GARCI Fernández

GARCI: A vuestras altezas beso
        los pies.
ORDOÑO: Guárdeos Dios; tomad
    asiento y después hablad.
GARCI: Porque sé lo que intereso
        en el servicio del conde
    de Castilla, mi señor,
    solícito embajador

        parezco.
ORDOÑO: Cuando responde
      de su embajada al intento
      el mismo suceso, está
      respondido el conde ya.
GARCI: Sólo de este casamiento
      que forme quejas ahora
      me manda el conde; pues viendo
      la ventaja que está haciendo
      a un vasallo, la señora
        infanta niegas a un conde
      de Castilla.
ORDOÑO: Embajador,
      al mérito del valor
      igual merced corresponde.
        Y como yo me he preciado
      de justiciero en León,
      con esta satisfacción
      los servicios he pagado
        de un vasallo tan valiente,
      demás de que su apellido
      dos veces ha merecido
      ser heroico descendiente
        de nuestra casa real.
      Esto al conde responded,
      y que tengo por merced
      el deseo.
LINDA: En caso igual,
        también puede ser porfía.
GARCI: Con ese nombre se infaman
      las finezas de los que aman
      con poca dicha.
LINDA: La mía,
        tan grande ha venido a ser,
      que con las demás estoy
      grosera.
GARCI: Corriendo voy
      por los celos, hasta ver
        mil veces mi desengaño;
      y cada vez que le veo

nace de nuevo el deseo
y pasa adelante el daño.

Dentro

SOL: Dejadme entrar, no me impida
de todo el mundo el rigor,
que me va en ello el honor,
que es mucho más que la vida.
ORDOÑO: ¿Qué es eso?

Sale ORTUÑO

ORTUÑO: Una peregrina,
y peregrina mujer
que contra todo el poder
de nosotros determina
entrarse furiosa a hablar.
ORDOÑO: Pues llega tan rigurosa,
con razón viene quejosa,
sin duda. Dejadla entrar.
ORTUÑO: Tanto valor ha mostrado,
que ella se ha entrado primero.
ORDOÑO: Escuchar sus quejas quiero,
pues hoy estoy obligado,
como rey, por justa ley,
a no esconder las orejas
a la justicia y las quejas,
o he de dejar de ser rey.

*Sale doña SOL con el cabello
suelto*

SOL: Escúchame atentamente,
rey Ordoño de León,
a quien llama el justiciero
el hemisferio español,

si es que te precias de serlo,
o para mí faltan hoy
todas las cosas que pueden
ser, Ordoño, en mi favor,
y alcanzará la Fortuna
el imposible mayor
si a quien eres faltas tú,
porque sobre al mundo yo.
Yo soy, aunque no quisiera
después que sin honra estoy,
de don Manríque de Lara,
su heredera doña Sol.
Imagino que esto basta
para decirte quién soy;
que don Manriqúe en Castilla
es el último blasón.
De visitar desde Burgos
a pie, en el traje que voy,
pidiendo limosna, hice
voto al gallego patrón
desde una borrasca, adonde
golfo lanzado corrió
al mar, de una enfermedad
la vida leño veloz.
En cuya fe, como en tabla,
parece que me sacó
al puerto de la salud
esta piadosa intención.
¡Pluguiera a Dios que primero
muriera! ¡Pluguiera a Dios,
Ordoño, que hubiera estado
el cielo sordo a mi voz!
Que a veces sirve la vida,
a quien más la deseó,
de dar armas a su ofensa
y a la desdicha ocasión.
Daba la vuelta a Castilla
dando al cielo que me dió
lugar para visitar
del apóstol español

el sepulcro, inmensas gracias,
con la autoridad y honor
de criados, que importaba
a mi persona, aunque voy
a pie, y limosna pidiendo,
con esclavina y bordón,
cuando, entre el Miño y el Sil
encontré al ponerse el sol
del conde don Lisuardo
un cortesano escuadrón,
que para tratar tus bodas
iba por embajador
a Ingalaterra. Llegamos
otra compañera y yo,
doncella mía, a pedirle
limosna, que ambas a dos
íbamos del mismo modo
vestidas, con el valor,
devoción y honestidad
que pedía el ser quien soy,
mi estado, mi pensamiento
y la peregrinación.
Pero poco importa todo,
si este monstruo, este escorpión
a quien llaman hermosura
--veneno fuera mejor--
este basilisco humano,
esta esfinge que nació
para vender a su dueño
de un parto con la traición,
esta breve tiranía,
esta lisonjera flor
de la maravilla, aquesta
breve mortal ambición
para romper del respeto
los privilegios que dió
la cortesana hidalguía,
no hubiese dado ocasión.
¡Mal haya amigo tan falso!
¡mal haya bien tan traidor,

         tan villana tiranía,
         tan costosa adulación!
         El conde, al fin
LINDA: (¡Ay de mí!   **Aparte**
         Del aire pendiente estoy.)
SOL: Al fin, el conde, resuelto
         con las alas del furor,
         libre como el apetito,
         y ciegos ambos a dos,
         si mudos para el agravio,
         sordos para la razón,
         sin discursos, sin memoria
         de que hay justicia, trazó
         la más fiera alevosía
         que usó humano corazón;
         que gustos desordenados
         de poderoso ofensor,
         atropellando a su dueño,
         corren a la posesión.
         Al fin, el conde, aquí tiemblo,
         aquí me falta la voz,
         aquí el aliento me falta
LINDA: (Y estoy sin sentido yo.)   **Aparte**
SOL: Haciendo pasar delante
         sus criados, eligió
         cinco, que con él vinieron
         a tan infame facción,
         y con desnudas espadas
         al camino nos salió,
         con bandas, como los cinco
         cubierto el rostro traidor.
         Salteadores bien nacidos
         imaginamos que son,
         y con corteses palabras
         llego a reportallos yo;
         cuando, descubriendo el conde
         el aleve rostro, dió
         muestras de su infame intento
         con ciega resolución.
         Yo, con el valor de Lara,

remito altiva al bordón
la defensa de mi ofensa.
Pero ¿qué importa el valor
cuando la desdicha es más,
cuando el poder es mayor,
el apetito es campal
y está ciega la razón?
Una punta de su espada
en la frente me alcanzó,
cuando más mezclada andaba
la batalla de mi honor.
Sentí en los ojos la sangre,
y en el flaco corazón,
como, al fin, de mujer hizo,
más que la herida, el temor.
Ciega de la sangre, en tierra
el honor conmigo dio,
que siempre fue mal agüero
sangriento eclipse en el sol.
A este tiempo, entre los brazos
a recibirme llegó,
con piadosa tiranía,
con tirana presunción,
donde, haciendo a los demás
que se aparten, comenzó
a regalarme lascivo,
a enlazarse adulador.
Si con la boca me limpia
la sangre, con el dolor
fingido, lágrimas vierte,
que de cocodrilo son.
Yo, sin aliento, sin alma,
ni oigo, ni siento, ni estoy
para resistirle, y loco,
ciego y tirano intentó
mi desventura, mi infamia,
mi deshonra.

LINDA: (¡Muerta soy!)   **Aparte**
SOL: Y como en el apetito
              que no es legítimo amor

suele el arrepentimiento
seguir a la posesión;
con la misma tiranía
en el campo me dejó
llena de sangre y de afrenta,
tan desdichada, que doy
quejas al cielo de verme
con la vida en la ocasión
que pudiera ser la herida
penetrante, porque yo
con la vida juntamente
matara mi deshonor.
Pero, quedando con ella,
vengo a pedirte, señor,
justicia de aqueste agravio,
castigo de esta traición.
¡Justicia, Ordoño; justicia,
por quien eres, por quien soy,
que no es bien que falte en ti
por privanza ni pasión!
Y cuando falte, a los pies
me iré del emperador,
que tiene sobre los reyes
cesárea jurisdicción.
Y si él remiso estuviere,
me iré al papa, y cuando él no
me quisiese hacer justicia,
por eso en el cielo hay Dios.
Demás de que tengo deudos
en Castilla y en León,
que sabrán tomar las armas
en defensa de mi honor.
Que el conde Garci-Fernández,
conde en Castilla lo es hoy
tan mío, que somos hijos
de dos hermanos los dos,
y vendrá de mejor gana
a volver por mi opinión
con las armas que a pedirte
el caballo y el azor.

Y cuando por desdichada
en ninguno halle favor,
para vengarme yo misma
y tomar satisfacción,
piedras pediré a la tierra,
al mar pediré furor,
alas al aire, y al fuego
rayos que arrojando estoy;
a las víboras veneno,
a los áspides rigor,
ojos a los basiliscos,
al infierno obstinación.
Y entretanto morderé
la tierra que esto sufrió,
como una perra con rabia,
como una bestia feroz,
sin osar alzar al cielo
sino es la imaginación;
que doña Sol afrentada
no es justo que mire al sol.

Arrójaseá los pies del rey ORDOÑO, y
levántase el conde GARCI Fernández

ORDOÑO: ¡Raro suceso!
GARCI: Hasta aquí,
Ordoño, he representado
otra persona, llevado
del celoso frenesí
de un amoroso cuidado.
   De ser dejo embajador
celoso, amante y galán;
que cesan las del amor
cuando de por medio están
obligaciones de honor.
   Garci-Fernández, el conde
de Castilla soy, a quien
toca este agravio, por donde
se ha de restaurar también;

si al conde el abismo esconde,
    que está mi sangre agraviada,
en doña Sol y conmigo
por mayor deuda obligada.
Y así desde luego digo,
puesta la mano en la espada,
    que don Lisuardo, el conde,
es cobarde y es traidor,
y a quien es no corresponde;
y que esto hará mi valor
verdad presto aquí y adonde
    me diere el tiempo ocasión.
Y conforme al valor mío,
pondré con esta intención
carteles de desafío
en Castilla y en León,
    en Francia, en Ingalaterra,
en Italia, en Alemania;
sacándole, si se encierra,
como prodigio de Hircania
de las venas de la tierra.
    De doña Sol la opinión,
teniendo deudos tan buenos,
verá con satisfacción,
porque por Lara no es menos
que una infanta de León.

ORDOÑO: Conde de Castilla, a mí
me toca, como a su rey,
la satisfacción, y así
por la justicia y la ley,
seré lo que siempre fui.
    Pues me llama el justiciero
León, con mi obligación
cumplir como debo espero,
cuando fuera de León
el conde sólo heredero.
    Y entretanto a Sol tendré
de la infanta en compañía,
y su honor satisfaré,
como el de la hermana mía

quede juntamente en pie,
  que, como es público, ha dado
la mano al conde de esposa,
que no es pequeño cuidado,
en que el alma temerosa
y confusa ha vacilado.
  Mas todo lo facilita
la justicia y la prudencia,
porque el rey que a Dios imita,
con humana providencia
lo que importa solicita.
  Este caso pide más
atención que otro ordinario,
que pienso que igual jamás
se ha visto, y es necesario
ir, conde, con el compás
  de la prudencia midiendo
la justicia y la ocasión,
a quien acudir pretendo
con tanta satisfacción
como siempre en mí están viendo.
  Vos a Castilla os volved,
conde, hasta tanto que sea
ocasión, y agora haced
que esto más secreto sea,
que es hacer a Sol merced,
  hasta que el conde haya dado
de Ingalaterra a León
la vuelta, y perded cuidado,
que yo tomo su opinión
por mi cuenta.

GARCI: Confiado
  en esa palabra quiero
a Burgos la vuelta dar,
adonde tu gusto espero
obedecer y esperar
al conde.

ORDOÑO: Él es caballero
  tan valiente, que la cara,
cuando sin rey estuviera

y vasallo no se hallara,
a ninguno no escondiera
de los Manriques de Lara;
   pero las armas aquí,
conde, no han de sentenciar
lo que me compete a mí.
GARCI: La justicia, que en lugar
de Dios resplandece en ti.

*Vanse el rey ORDOÑO y conde GARCI
Fernández*

BLANCA: ¡Qué lastimoso suceso
en tan divina belleza
y en tal beldad!
LINDA: Dios te guarde,
mujer, cualquiera que seas;
retiradla.

*Vanse BLANCA y doñ SOL. Sale RELOJ con
fieltro y botas*

RELOJ: De tus bellas
plantas los chapines beso
y en los copos de la densa
nieve de las blancas manos,
pongo este pliego que espera
porte como de una infanta
que pretende ser condesa.
LINDA: ¿Quién eres?
RELOJ: ¿No me conoces?
¿Tan presto se olvidan prendas
de lo que se quiere bien?
¿Posible es que no se acuerda
de Reloj, lacayo suyo,
en tres semanas de ausencia?
¿El que te habló a la partida
y al que con tanta terneza

del conde, encargaste entonces
la brevedad a la vuelta?
El mismo soy; aquí vengo
en figura de estafeta
con botas hasta las ingles
más altas que una cuaresma
por marzo, y Dios sabe cómo
traigo las asentaderas,
que dejo al conde embarcado
en la Coruña, y con estas
cartas me despachó, y quiere
que al desembarcarse vuelva
a recibilre, señora,
de tu salud con las nuevas.
Reloj soy; yo soy Reloj.

LINDA: Relox: en mal hora vengas.

RELOJ: Por cierto buenas albricias
para quién viene por ellas
de posta en posta, sin tripas
más de cuarenta y seis leguas.
¡Mal haya el hombre que fía
después que una vez se ausenta,
en infantas ni en rocines!

LINDA: ¡Hola! Colgad de una almena
a este villano.

RELOJ: ¿Qué dices?
¿Hablas de burlas ó veras?

LINDA: Presto lo verás, infame
cómplice de mis ofensas,
que en las cartas de ese ingrato
me traes víboras por letras.

RELOJ: ¡Yo he llegado a muy buen tiempo
para todas mis quimeras!
¡A linda ocasión, por Dios!
Cuando pensé que me hicieran
conde en aquesta ocasión
por albricias de estas nuevas
hallo tantas novedades.

LINDA: ¡Hola!

ORDOÑO: ¿Qué voces son éstas?
            ¿qué tiene la infanta?
LINDA: Celos,
            que es la pasión más inquieta
            que priva del albedrío.
RELOJ: Yo pienso que está su alteza
            de aquella cabeza loca.
LINDA: Antes, villano, estoy cuerda,
            pues que sé sentir.
ORDOÑO: ¿Quién eres?
RELOJ: Un lacayo sin librea
            del conde don Lisuardo,
            mi señor, que es la primera
            vez que se ha visto en su vida
            con botas y con espuelas,
            que dejándole embarcado
            en la Coruña, desea
            dar a su alteza este pliego
            y volver con la respuesta
            al desembarcarse el conde;
            que hallé estas puertas abiertas
            y me metió el alborozo
            hasta las pies de su alteza,
            y cuando pensé salir
            con un juro para en cuenta
            de un título de vizconde,
            me manda colgar.
LINDA: En esa
            relación de tu camino,
            ¿cómo olvidas la romera
            de Santiago?
RELOJ: Pues yo,
            ¿qué culpa tuve, o qué pena
            merezco, si a mí y a Lauro,
            a Ramiro y a Fruela
            nos mandó volver con él;

que nosotros en la empresa
servimos de tenedor
y él trinchó el ave?
ORDOÑO: Confiesa
sin tormento la verdad,
y la información comienza
bien por esta confesión.
Escribe, Ortún, de tu letra
los nombres de estos criados
del conde, y a éste le metan
donde ninguno entretanto
ni verle ni hablarle pueda;
y esté todo con silencio
esto en Palacio.
RELOJ: (¡Que venga   **Aparte**
a sólo esto un desdichado
por la posta tantas leguas
sobre navajas, en silla,
sobre tarascas gallegas!
ORDOÑO: Llevadle.
LINDA: Guárdete el cielo
por el socorro que intentas
dar, Ordoño, a mis agravios.
ORDOÑO: El pecho, Linda, sosiega,
que ha de ser tu esposo el conde
aunque se ponga la tierra
de por medio, y de tus celos
las ciegas ansias desecha,
porque con el escarmiento
de la suma de la pena
culpas de la mocedad
fácilmente se descuentan.
(Esta lisonja a la vida   **Aparte**
y al sexo de Linda es fuerza
hacer con arte.)
LINDA: No mires,
Ordoño, pues que deseas
ser católico Trajano,
ser Numa español; las prendas
del conde, mi amor, mis celos,

mi vida, mi honor, la mesma
sangre que tienes, que es mía,
si a la justicia que enseñan
las leyes de tus pasados
has de faltar; pues sin ella
falta el poder al poder,
el decoro a la vergüenza,
el miedo a la majestad,
el amor a la obediencia.
Desnuda, Ordoño, el estoque
de la justicia, no pierdas
el nombre hasta aquí ganado.
Muera el Conde, aunque yo muera.
Ni la pasión te acobarde,
ni la sangre te detenga;
que eso es política, en fin,
y en los reyes que gobiernan
más importa la justicia
y para la paz la guerra.
Esto, Ordoño, contra sí
una loca te aconseja,
que de llorar, solamente
morir le queda de cuerda;
aunque es grande la desdicha
que la muerte le consuela.

Vase

ORDOÑO: ¡Notable suceso ha sido!
        Síguela, Blanca.
BLANCA: ¡Qué fiera
        pásión!
ORDOÑO: Camina, lacayo.
RELOJ: ¡Oh, mal haya la romera,
        que siendo ella la gozada
        padece Reloj la fuerza!

FIN DE LA SEGUNDA JORNADA

JORNADA TERCERA

Salen doña BLANCA y ORDOÑO

ORDOÑO: ¡Blanca!
BLANCA: ¡Señor!
ORDOÑO: ¿Cómo está
        la infanta?
BLANCA: Tanto mejor,
        cuanto el agravio al dolor
        dando desengaños va;
          porque ella la misma ha sido
        en tan ciego pensamiento
        causa de su sentimiento,
        es de volverla el sentido;
          que estando la ofensa en medio
        en una honrada mujer,
        una propia viene a ser
        la enfermedad y el remedio.
ORDOÑO: Bien dices, que en el amor
        lo que el tiempo no ha podido,
        agravios con el olvido
        curan de celos mejor.
          Hoy llega el conde, en efeto.
BLANCA: Que temo de la presencia
        nueva celosa dolencia;
        y como amor, es efeto,
          de los ojos con los ojos
        se aumentan, justos o injustos,
        los agravios y los gustos
        las glorias y los enojos.
ORDOÑO: Bien ha menester más vidas,
        sobre su rigor mirando,
        a quien están esperando

dos mujeres ofendidas.
   El cielo me inspire el modo
de suerte que, por codicia,
ni pasión, a la justicia,
no falte, que es faltar todo
   el bien de un reino sin vella.
BLANCA: Quien en tan floridos años
con tan altos desengaños
ha merecido por ella
   el nombre que le da España,
demás del mucho valor
de sus aciertos, señor,
la experiencia desengaña.
ORDOÑO: Siempre he de ser el que fui.
BLANCA: Su alteza viene, señor.

Sale la infanta LINDA

ORDOÑO: La causa de su dolor
me tiene, Blanca, sin mí,
   cuando la pena la tiene
con sentimiento tan grande.
Hermana.
LINDA: Ya a que la mande
vuestra alteza, Linda viene.
ORDOÑO: Favores son que me hacéis.
¿Cómo estáis?
LINDA: Mucho mejor;
porque descuento el amor
en los agravios que veis.
ORDOÑO: ¿Qué ha sido la novedad
de la gala?
LINDA: Venir hoy
el conde y ser yo quien soy,
y ya que a la voluntad
   no le debo esta alegría,
a la obligación responde
de la venida del conde
por precisa deuda mía;

pues hasta agora no puedo
negar que el conde es mi esposo,
y entretanto esto es forzoso.
ORDOÑO: Admirado, Linda, quedo
de tu raro entendimiento.
LINDA: ¡Pluguiera al cielo que fuera
menos, porque no supiera
tener tanto sentimiento!

Sale ORTUÑO

ORDOÑO: ¿Qué hay de nuevo, Ortún?
ORTUÑO: Señor,
nuevas de que llegará
muy presto el conde, que ya
para prevenir mejor
su entrada, en la sala adonde
le has de dar pública audiencia,
con peregrina advertencia
que a tu ingenio corresponde.
Del conde un criado está
una cortina poniendo
debajo la cual entiendo
que con propósito va
de poner de Margarita
el retrato hermoso y grave,
porque en el punto que acabe
la relación, solicita
enseñártele con toda
aquesta veneración,
como a reina de León.
Al fin tu dichosa boda
llegue, señor, para bien
de tus reinos.
ORDOÑO: Dios te guarde,
Ortún.
LINDA: Aunque llegan tarde
mis albricias para quien
tan buenas nuevas ha dado,

en todo son de estimar.
ORDOÑO: ¡Qué valor quiere mostrar!
LINDA: Toma, y llámame al criado,
              por que también se las dé.

Le da una sortija

ORTUÑO: ¡Vivas más años que el sol,
              milagro hermoso español!
ORDOÑO: Ortún, escucha.

Hablan aparte

BLANCA: No sé
              si a tan bizarro valor
              ninguno se ha de igualar.
ORDOÑO: Esto se ha de hacer sin dar
              sospechas de mi rigor,
               que es importante el secreto,
              como también el cuidado.
              Advierte, Ortún, si el criado
              está en la lista.
ORTUÑO: A este efeto
              te entré a hablar; en ella está.
ORDOÑO: Pues hazle prender.
ORTUÑO: Yo voy.
LINDA: Hoy nombre a tu nombre doy
              con el que valor me da
               pues que te ayudo con él
              a la justicia. Ésa es sola.
ORDOÑO: ¡Fénix divina española;
              el oro, el bronce, el laurel
               digno es de escribir tu nombre
              solamente!
LINDA: Y del divino
              tuyo solamente dino
              porque la tierra se asombre.

Sale LAURO de camino

LAURO:　　　De vuestra alteza, señor,
　　　.................
　　　................
　　　.................. [-or]
　　beso los pies, y los vuestros,
　　señora, pido, también,
　　añadiendo el parabién
　　de los que lo han de ser nuestros,
　　　pues llega tan presto el conde
　　a gozar el bien que aguarda.
LINDA:　　Siempre para el alma tarda.
LAURO:　　Justamente corresponde,
　　　señora, tan gran fineza
　　a la fe, al notable amor
　　con que el conde, mi señor,
　　idolatra a vuestra alteza;
　　　aunque ha estado con cuidado
　　de haber visto, y con razón,
　　que a su desembarcación
　　las cartas le hayan faltado.
LINDA:　　Falta de salud ha sido.
　　Toma, aunque merecen más,
　　estas nuevas que me das.

Dale una sortija

LAURO:　　Guarde, a pesar del olvido
　　　el tiempo, tus verdes años.
LINDA:　　Inmortal debo de ser,
　　pues no han tenido poder
　　en mí algunos desengaños
　　　para matarme.
LAURO:　　　　　(Recelo　　**Aparte**
　　que habla Linda sospechosa.)
LINDA:　　Margarita, ¿es muy hermosa?
LAURO:　　Las dos sois soles del suelo.

Su beldad es peregrina;
en la copia podéis ver
que yo he venido a poner
debajo de una cortina,
   en la sala en que su alteza
al conde audiencia ha de dar,
cuando le llegue a besar
la mano.
LINDA: Tanta belleza
merece este aplauso todo.
ORTUÑO: El conde ha llegado ya
a palacio.

A LAURO

ORDOÑO: Ven acá.
   ¿Cómo te llamas?
LINDA: (De modo   **Aparte**
      la nueva me ha alborotado,
que estoy sin mí de alegría;
tanto en la fe pueden mía
las reliquias que han quedado.)
ORTUÑO: Lauro es el último aquí
de la lista.
ORDOÑO: Ellos vinieron
como más menester fueron.
Prended a Lauro.
LAURO: ¡Ay de mí!
ORDOÑO: Delitos del conde son
en que eres cómplice.
LAURO: ¡Ah, cielo!
No fue vano mi recelo.
Señora...
LINDA: En esta ocasión
   no te he de poder valer.
Llevadle preso.
LAURO: (Sin duda   **Aparte**
que contra el conde se muda
de la Fortuna el poder.)

Llévanle

ORTUÑO: Pienso que el conde está aquí.
ORDOÑO: Sillas; y despeje, Ortún,
      toda la gente común
      que hubiere, y al conde di
      adonde está la cortina.
ORTUÑO.   A advertirle al conde voy.
LINDA: (¡Con qué sobresalto estoy!）   **Aparte**
BLANCA: (Tiene fuerza peregrina   **Aparte**
      Amor, aunque esté ofendido.)

Sale el conde LISUARDO

LISUARDO: Dadme a besar vuestros pies.
LINDA: (¡Ay, alma! ¿Qué es lo que ves?)   **Aparte**
ORDOÑO: Seáis, conde, bien venido.
      ¿Cómo venís? Levantad.
LISUARDO: Deseando, por los vientos,
      llegar con los pensamientos
      a los de la voluntad.

La infanta LINDA habla aparte a BLANCA

LINDA: ¡Ay, Blanca! Viendo presente
      al conde, con el rigor
      de la ofensa y del amor
      tiemblo y ardo juntamente.
      Mirándole estoy mortal.
      ¿Posible es que es éste a quien
      yo llegué a querer tan bien
      y me ha pagado tan mal?
BLANCA: Señora, en esta ocasión
      más valor has de tener.
LINDA: Forzoso, Blanca, ha de ser.
LISUARDO: Escuchad la relación.

Luego que con tú estandarte
los cuatro marinos montes,
que al mar les diese obligaron
campo de cristal salobre,
prósperamente a tu fama,
lisonjero al viento entonces
de la Coruña a Piemúa
en breve tiempo nos pone.
Apenas sobre la espuma
nos descubrieron las torres,
cuando intentaron juntar
dos elementos conformes;
porque los alegres fuegos
fueron tan grandes, que sobre
el agua su ardiente esfera
paces juró aquella noche.
Aquí pasé algunos días
de Enrique esperando el orden,
con la cual, desde este puerto,
partí a la corte de Londres.
Honró mi recebimiento,
dando grandeza a la corte,
su príncipe Fedüardo
con los ingleses conformes.
Vine a apearme a palacio
con todo este aplauso, adonde
los reyes nos esperaban
en los mesmos corredores.
Llegué a besarles las manos,
y al mismo tiempo se opone
a escurecer Margarita
los reales esplendores.
Besé su mano, y hallé
más cristal que vale el orbe;
y entre rayos de oro y nácar
prodigios de nieve y flores.
Levantóme con los brazos
de la tierra, y preguntóme
por tu salud, juntamente

con la de Linda, que gocen
largos años estos reinos,
y a los reyes que nos oyen,
y que me esperaban, vuelvo
y tus cartas doy entonces.
Leyéronlas, y contentos,
con un sarao me responden
dónde la beldad inglesa
dió hermosas adoraciones.
Aposentáronme dentro
de palacio, haciendo pobres
las grandezas de Alejandro
con varias ostentaciones.
Y después de algunos días
que conferimos la dote,
se firmaron los conciertos
de las capitulaciones,
y, remitiendo a las cartas
lo demás, partí de Londres
para embarcarme a Plemúa,
que estaba dándome voces.
el deseo de llegar
a ver a Linda, que logren
mis esperanzas ausentes
el fruto de sus amores.
Y para hacerte lisonja,
a la partida el rey dióme
de Margarita un retrato
a su estatura conforme.
Debajo de esta cortina
que te descubro se esconde;
su gentileza te admire
y su hermosura te asombre.

ORDOÑO:	¿Es ése, conde, el retrato?
LISUARDO:	(¿Qué es esto, cielos?)			**Aparte**

ORDOÑO: ¿Conoces
           esta mujer?
LISUARDO: (¡Qué suceso   **Aparte**
           tan extraño!)
ORDOÑO: ¿No respondes?
LISUARDO: Señor, sí...
ORDOÑO: La turbación
           en el rostro, en las razones,
           el más abonado ha sido
           testigo que tienes, conde,
           contra ti.
LISUARDO: Señor, señor...
ORDOÑO: No te disculpes ni ignores
           que ha de ser contra tal yerro
           el valor ni el blasón noble
           parte para que te valgan
           en culpas que son tan torpes
           de seguros privilegios
           y de libres excepciones.
           Yo te cortaré las alas
           que tan ciegamente rompen
           del cielo en ofensa el viento
           con soberbias presunciones.
LISUARDO: De vuestra alteza a los pies
           postrado...
ORDOÑO: No paséis, conde,
           delante. Quedaos y haced
           cuenta que para que cobre
           su honor doña Sol no sois
           hombre tan rico, tan noble,
           sino el más triste vasallo
           el más humilde, el más pobre
           que hay en León; y por vida
           de mi corona, que tomen
           en vos todos escarmiento
           y yo más heroico nombre.

                    Vase el rey ORDOÑO

LISUARDO: Señora, esposa, mi bien,
              si de vos no se socorre
              mi esperanza, estoy perdido.
              Hablad al rey, no se enoje
              sin escucharme.
LINDA: No sé
              quién eres, que vienes, conde,
              tan diferente, que aun tú
              pienso, que no te conoces.
              El rey ha de hacer justicia,
              que son sus obligaciones;
              remédiete el cielo.

Vase la infanta LINDA

LISUARDO: Blanca,
              sigue a la infanta; y pues oye
              lo que la dices tan bien,
              con palabras, con razones
              encarecidas disculpa
              sus celos, no la apasiones
              tan a su costa, pues sabe
              que son de la edad errores,
              y con halagos al rey,
              como puede, desenoje,
              porque le temo indignado;
              así dulcemente logres
              tus esperanzas, asi
              tengas...
BLANCA: No me atrevo, conde,
              a hablar en ello a la infanta,
              ni ella al rey, porque conoce
              la condición de su hermano.
              Busca otros medios que importen.

Vase doña BLANCA

LISUARDO: ¿Hay hombre más desdichado?
              Sol, templad los arreboles
              y serenad los celajes

que vuestros rayos esconden.
Medie el rey por ti mi culpa,
no pido que la perdones,
que yerros de amor no es mucho
que tu misma luz los dore.
Yo quiero ser tu marido
si de mi mano depone
la acción que tiene la infanta,
y esclavo tuyo. Disponte
a hablar al rey, porque falto
de su gracia, no sé dónde
tengo segura la vida.
¿Qué dices? ¿Qué me respondes?

SOL: Que el rey sabe lo que debe
hacer en esto, conforme
al blasón de la justicia
que mantiene y que dispone.
y que cuando correr vea
tu alevosa sangre, adonde
un verdugo la cabeza
de tu vil garganta corte,
no me hartaré de beberla;
que de la venganza, conde,
ha de quedar más sedienta
mi hidrópica sed entonces.

Quiere irse y la detiene

LISUARDO: Espera, Sol, no te ausentes
de mí, que no soy la noche
de Noruega, aunque estoy puesto
de tus desdenes al norte.
SOL: ¡Ah, sirena, no me encantes!
¡Aspid libio, no me toques!
¡Basilisco, no me mires!
¡Cocodrilo, no me llores!

Vase

LISUARDO: Echó la Fortuna el sello
              a mi desdicha.

ORTUÑO: Daos, conde,
              a prisión.
LISUARDO: Ortún, ¿qué dices?
ORTUÑO: Que vengo, conde, con orden
              de llevaros preso. Dad
              la espada, y paciencia.
LISUARDO: ¿A un hombre
              como yo, Ortún, se le pide
              la espada? ¿A un hombre que sobre
              la luna y el sol ha puesto
              con tantos hechos su nombre
              y el de su rey, manda el rey
              dar la espada, cuyo corte
              tanto católico acero
              y africano reconoce?
              ¡Vive Dios!
ORTUÑO: Conde, estas cosas
              no se negocian con voces.
              Vasallo de Ordoño sois,
              y es de vasallos traidores
              no obedecer a sus reyes
              y a los que los reyes ponen
              en su lugar. A esto vengo,
              representando su nombre.
              Obedecedle, o mirad
              que vienen doscientos hombres
              hijosdalgo y caballeros
              conmigo, con orden, conde,
              de mataros, si intentáis
              defenderos. No provoque
              vuestra cólera la ira,
              en tan fuertes ocasiones,
              del rey y de los que vienen

a vuestra prisión.
LISUARDO: Bajóme
    la Fortuna hasta el abismo
    de las desdichas, que corren
    conmigo tormentas. Ortún,
    sobre mi cabeza pone
    mi lealtad la orden del rey;
    toma la espada y no tomes
    ocasión para decir
    que no soy leal.
ORTUÑO: Es, conde,
    ésa,la mayor cordura
    y el mayor valor.
LISUARDO: Valores
    contra los reyes, no sirven
    de más que de agravios. ¿Dónde,
    si es licito el preguntarlo,
    Ortún, voy preso?
ORTUÑO: A las torres
    de palacio.
LISUARDO: Vamos, pues;
    que no es bien que me congojen
    prisiones, pues las desdichas
    se hicieron para los hombres.

Vanse. Salen XIMENO y el con GARCI Fernández

GARCI: ¿Y sabe el rey que he llegado?
XIMENO: Y llegas, conde, a León,
    a tan famosa ocasión,
    que hoy dicen que acompañado
        de sus jueces, adonde
    está su real consejo,
    siendo de otro Numa espejo
    asiste al pleito del conde.
GARCI: El nombre de justiciero
    le conviene conservar
    si quiere Ordoño reinar;
    si no, el castellano acero

verá en su vega desnudo,
y el Ezla argentar las manos
de los fuertes castellanos.
XIMENO: De su prudencia no dudo
que sabrá Ordoño acudir
a darte satisfacción.
GARCI: O será Troya León;
que no se ha de persuadir
el conde don Lisuardo,
que menos que con la vida
satisface la ofendida
sangre de Lara.
XIMENO: Gallardo
dicen que es el conde.
GARCI: Sí,
y valiente caballero,
que, aunque enemigo, a su acero
no niego el valor que vi
cuando cercando a León
sobre el feudo de Castilla
la castellana cuchilla
temió el sol.
XIMENO: Tienes razón;
que igualó a Marte ese día.
GARCI: Pero con esto ha borrado
cuanta opinión ha ganado;
que es vileza y cobardía
que contradice al valor
ofender a una mujer,
y más tan noble.
XIMENO: Al poder,
a la fuerza del Amor,
no hay valor, razón ni ley,
porque su furia amenaza
hasta lo invencible.

Dentro

VOCES: ¡Plaza!

GARCI: Debe de salir el rey.

Salen el rey ORDOÑO con memoriales,
ORTUÑO y acompañamiento

ORTUÑO: Todo el consejo te espera,
              y no ha quedado en León
              letrado en esta ocasión
              a quien la fama venera
              que no asista en los estrados
              en la defensa y ofensa
              del conde.
ORDOÑO: Poca defensa,
              casos tan averiguados
              pueden tener.
ORTUÑO: Aquí está
              Garci-Fernández, el conde
              de Castilla.
ORDOÑO: Y corresponde
              al valor que tiene.
GARCI: Y ya
              a besar tus manos llega.
ORDOÑO: Y yo con los brazos, primo,
              tantas mercedes estimo;
              que cuando más en la vega
              de León armado os vi,
              jamás, el cielo es testigo,
              que de pariente y amigo
              la inclinación os perdí.
GARCI: La misma, Ordoño valiente,
              debe al conde de Castilla
              vuestra alteza.
ORDOÑO: La cuchilla
              desnuda y resplandeciente
              de mi justicia real
              verán hoy, como primero,
              ayudando a Sol, y espero
              hacer mi nombre inmortal.
GARCI: La fama, Ordoño, que en esta

edad habéis alcanzado,
en caso tan intrincado
nos promete y manifiesta
    que ha de tener el suceso,
que a todos nos esté bien.
ORDOÑO: Hoy quiero, conde, también,
    que a ver del conde el proceso
    asistáis junto conmigo.
GARCI: Sois de la justicia espejo.
ORDOÑO: Venid, que me está el consejo
    esperando, conde amigo.

LISUARDO: Desdichas, ¿qué me queréis?
    ¿Qué pretendéis de mí, agravios?
    No me persigáis, memorias;
    dejadme morir, cuidados.
    ¿Qué infierno es este que miro
    adonde ya, por extraño
    y forastero del mundo,
    los rayos del sol no alcanzo,
    si no son los de las iras
    de otro Sol menos avaro,
    en correr los paralelos
    de las fortunas que paso?
    Mas, en parte--¡oh Sol hermoso!--
    muero contento, pensando
    que gozando a Sol, di al sol
    celos y envidia a sus rayos.
    Y si tu desdén supiera
    cuánto más me ha enamorado
    la posesión, podría ser
    que te obligara el milagro.

Si no me engaño, imagino
que un instrumento han tocado;
músicos deben de ser
del terrero de Palacio,
que, al silencio de la noche,
fía sus ansias cantando
algún amante. A tocar vuelven,
¡qué ocioso cuidado!

Cantan dentro

VOCES: *"Preso tienen al buen conde,*
al conde don Lisuardo,
porque forzó una romera
camino de Santiago.
La romera es de linaje;
ante el rey se ha querellado,
mándale prender el rey
sin escuchar su descargo."

LISUARDO: ¿Tan públicamente cantan
mi desdicha? ¡Extraño caso!
Quiero escuchar, que imagino
que prosiguen con el canto.

Cantan

VOCES: *"La prisión que le da el rey*
son las torres de palacio,
que compiten con el cielo
y confinan con sus cuartos.
Las guardas que el conde tiene
todos eran hijosdalgo;
treinta le guardan de día
y de noche treinta y cuatro.
Ya levantan para el conde
en la plaza su cadahalso,
y para los delincuentes

84/96

*Asómase **RELOJ** a lo más alto, preso con
un tocada en cuerpo*

RELOJ: Cante otra vez, ruego a Dios,
en galeras el bellaco
que la historia gargantea
del conde don Lisuardo,
por lo que me toca a mí,
que soy su menor criado,
por las nuevas de las horcas
y albricias de cadahalso.
¡Quién pudiera desde aquí,
músico de los diablos,
tirarte una almena!
LISUARDO: ¡Ah, cielos!
RELOJ: Aquí abajo se han quejado.
¿Si fue del conde el sospiro,
que, según lo que han cantado,
debe de estar preso aquí?
Quiero saberlo. ¿Ah de abajo?
LISUARDO: Pienso que de las almenas
de este homenaje llamaron.
RELOJ: ¿Conde, mi señor?
LISUARDO: ¿Quién es?
RELOJ: ¿Quién en este campanario
puede estar, que no sea tordo
o reloj?
LISUARDO: Reloj, hermano.
¿Ahí estás preso?
RELOJ: Señor,
dos meses ha que aquí paso,
con arañas y ratones
notables casos y es harto
tener narices y orejas
a las horas que te hablo.
¿Qué hay del mundo por allá?
Que hasta agora que he escuchado

                    tu suceso infausto y triste
                    cantar a este mentecato
                    músico de Bercebú,
                    que otra vez cante a Pilatos,
                    no supe que estabas preso
                    en las torres de Palacio.
LISUARDO: Apenas a ver el cielo
                    a esta plaza de armas salgo
                    esta noche,cuando escucho
                    también de mi muerte el cuándo.
RELOJ: También me ha cabido
                    a mí un poco de horca; no vamos
                    muy lejos uno de otro;
                    pero yo estoy consolado
                    con que, en efecto, con esta
                    postrera carta de pago
                    han acabado conmigo
                    alguaciles y escribanos.
                    Que salir del susodicho,
                    no será el menor descanso
                    que puede alcanzar con Dios
                    un delincuente lacayo.
                    Que me he visto en las parrillas
                    de un potro, pasando el trago
                    más agrio que pasar puede
                    un cómplice sagitario;
                    que, a no valerme la lengua,
                    hoy era, por mis pecados,
                    cecina de la justicia.
LISUARDO: ¿Cómo?
RELOJ: Confesé de plano.
LISUARDO: No esperé menos de ti.
RELOJ: Ni yo.
LISUARDO: En efeto, villano.
RELOJ: Luego vi, en siendo Reloj,
                    que habían de hacerme cuartos,
                    aunque me importa primero,
                    no estando desde tan alto,
                    si es posible hacer contigo
                    de mi conciencia un descargo.

LISUARDO: Pues descuélgate si puedes
             a esta plaza de armas.
RELOJ: Tanto
             lo deseo, que he de hacer
             escala de los pedazos
             de dos mantas, donde he sido
             siete durmiente empanado.
LISUARDO: La traza mejor elige,
             y baja, Reloj.
RELOJ: Ya bajo,
             aunque al turco se lo usurpe.

Vase

LISUARDO: Cuanto por mí está pasando
             parece sueño. ¿Si estoy
             despierto, si durmiendo acaso?
             Durmiendo debo de estar,
             aunque yo sé que me engaño,
             porque solamente sueña
             la desdicha un desdichado.

Sale RELOJ

RELOJ: Gracias al cielo que llego
             a verte.
LISUARDO: Dame los brazos,
             que estoy alegre de verte,
             puesto que me has condenado.
RELOJ: Confieso, conde, que soy
             para tormentos muy flaco,
             y que jamás en mi vida
             de robusto me he preciado.
             Pero ya que nací al mundo
             con estrella de ahorcado,
             un escrúpulo en tu amor
             te he de revelar.
LISUARDO: Di.
RELOJ: Cuando

te partiste de León
a Ingalaterra, me echaron
para ti, desde unas tejas,
de las bellísimas manos
de Linda, una banda verde,
de cuya ocasión gozando
un hidalgo forastero,
que en lo soberbio y bizarro,
en lo atrevido, en lo airoso
me pareció castellano,
me la arrebató en el viento,
diciéndome que a mi amo
le dijese cómo un hombre
de más valor, de más altos
merecimientos y prendas,
celoso y enamorado
me la quitaba, y que aquellos
favores tan soberanos
merecerlos no podía
un caballero, un vasallo
como tú, menos que siendo
monarca, como Alejandro,
del mundo, o Garci-Fernández,
conde de Castilla.

LISUARDO: ¡Extraño
suceso! ¿Hay más?

RELOJ: Más.

LISUARDO: ¿Qué más?

RELOJ: ¿Qué más? Que yo di dos pasos,
y, requiriendo la espada,
puesta en el puño la mano,
le advertí que le dejaba
con ella, y me fui, callando
hasta agora, por no darte
pesadumbre, y procurando
satisfacer mi conciencia,
te lo digo al postrer paso.

LISUARDO: ¡A buen tiempo, vive Dios,
que estoy por darte, villano!

RELOJ: ¿De qué te enojas? ¿Habías,

yendo entonces caminando,
de matarle por poderes?
LISUARDO: No; mas pudiera el agravio
a León volverme entonces;
que las señas que me has dado
de Garci-Fernández son,
conde de Castilla, bravo
pretendiente de la infanta,
que celoso y despechado
quiso empeñarme con esa
bizarría.
RELOJ: Es temerario;
un jayán me pareció.
LISUARDO: Es siempre el miedo muy alto.
RELOJ: Pienso que agora han abierto
una puerta, y siento pasos.
LISUARDO: Los de mi muerte serán,
pues que la estoy esperando.
¿Qué es eso?

Sale BLANCA con una vela y la infanta LINDA con una
llave

LINDA: Conde, yo soy;
no os turbéis, que vengo a daros
la vida por esta puerta
que he abierto ahora en el cuarto
del rey mi hermano, con esta
llave maestra. He intentado
que me debáis por postrero
bien el de la vida.
LISUARDO: Tanto
os debo, que no imagino
con muchas poder pagaros.
LINDA: Dejando a una parte ahora
las ceremonias, mi hermano,
con todo el real consejo,
a muerte os ha condenado,

que puesto que los jueces
y todos cuantos letrados
tiene León, se conforman
en que pudierais casaros
con Sol, porque las palabras
que nos dimos, y las manos
fueron de tiempo futuro
y sirvieron de un contrato
no más, por sólo el decoro
que se debe al soberano
nombre de hermana de un rey,
manda por razón de estado
que muráis, satisfaciendo
también con esto al agravio
de doña Sol; no esperéis
más, que amanece y los rayos
del sol pueden ser espías
del que dejáis agraviado.
Esa pesada cadena
recoged entre los brazos
y caminad, que en el parque
hallaréis, conde, un caballo
que, corriendo, con el viento
compita para escaparos.
Sueldo os dará el cordobés
rey o el moro sevillano
con que paséis, y adiós, conde.

LISUARDO: Dadme a besar esas manos.

LINDA: Conde, esto basta; partíos,
que la piedad me ha obligado
de haber llegado a tener
nombre de vuestra.

LISUARDO: Yo parto
sin alma a escapar la vida.

LINDA: Hasta salir de palacio
tendréis quien os guíe, adiós.

LISUARDO: Adiós.

RELOJ: Yo sigo tus pasos
y azoto las ancas, conde,
de ese hipógrifo, pues hago

de motilón delincuente
la figura.
LISUARDO: Reloj, vamos.

Vanse. Salen PELAYO y BERMUDO

PELAYO: Tanto al decoro del rey
se debe, que declarando
que el de la infanta no ha sido
matrimonio, han sentenciado
a muerte al conde, y levantan
en la plaza el cadahalso.
BERMUDO: No puede haber sucedido
jamás tan notable caso.
PELAYO: Con esto queda también
satisfecho el agraviado
honor de Sol, la opinión
de Ordoño inmortalizando.
BERMUDO: Espectáculo espantoso
ha de ser.
PELAYO: ¡Qué alborotado
por el caso está León!
Y es tan general el llanto
de los hombres y mujeres,
que en el lamentable aplauso
se conoce lo que quieren
al conde don Lisuardo.
BERMUDO: Era de todos bien quisto
por valiente y cortesano.

Cajas

Pero ¿qué cajas son esas?
PELAYO: Corriendo va el vulgo vario
de la ciudad a los muros.

Sale FÁVILA

BERMUDO: FÁVILA:,¿qué es esto?
FÁVILA: Un raro
          suceso.
BERMUDO: ¿Cómo?
FÁVILA: Escuchad.
          A notificar entrando,
          a don Lisuardo, el conde,
          la sentencia el secretario,
          alborotado volvió,
          al rey de no haberle hallado
          en la prisión, sin saber
          quién pudo ponerle en salvo.
          Garci Fernández, el conde
          de Castilla, imaginando
          que de la infanta o del rey
          ha sido caso pensado,
          en la vega de León,
          con cuatro mil castellanos
          que trujo para este efecto
          de escolta en abierto campo,
          desafió al rey y a todos
          cuantos en aqueste caso
          han intervenido, deudos
          y amigos del conde, estando
          de sol a sol en la Vega.
          Después de haberle retado
          de cobarde, si no acude
          en aqueste mismo plazo
          a volver por su opinión
          el conde don Lisuardo.
          Pienso que Ordoño, sin duda,
          pues es su igual, saldrá al campo
          con el conde de Castilla,
          porque tiene de bizarro
          y de valeroso Ordoño
          en las ocasiones, tanto,
          como de rey justiciero.
PELAYO: A ver este asombro vamos.

ORDOÑO: Conde de Castilla, ya
tienes a Ordoño en el campo,
que no es la primera vez
que en él me ve el sol amado.
Bien sabe el cielo que estoy
libre de lo que imputando
me estás sin razón; mas debo
salir, conde, como salgo,
a tu desafío, viendo
que eres mi igual; aquí estamos.
Resuélvete, que en la espada
la mano puesta te aguardo.

GARCI: Ordoño, ya ves que estoy
en la defensa empeñado
de doña Sol, y no puedo
volver a Burgos dejando
sin satisfacer su honor;
y el conde don Lisuardo
faltando, es razón que tú
me des, Ordoño, en tal caso,
por él la satisfacción.

SOL: Y yo también a tu lado,
conde, con aquel valor
que tengo de Lara, aguardo
a la Infanta de León;
porque no hay duda que ha dado
ella libertad al conde,
a costa de mis agravios,
y así la reto y la obligo,
viéndome armada en el campo,
que salga a satisfacerme
con las armas en la mano.

BLANCA: Doña Sol, a responderte
            dos damas de su palacio
            por Linda vienen. Espera
            que el rey y el conde hagan campo,
            que luego vernos podrás
            a las dos aquí.
ORDOÑO: ¿Qué estamos
            esperando?
GARCI: Que nos partan
            el campo y el sol.
ORDOÑO: Ya tasco
            espuma y cólera, como
            suele el andaluz caballo,
            cuando escucha la trompeta
            por ver los aceros blancos
            dando reflejos al día,
            y apurándole al sol rayos.

*Sale don LISUARDO armado, y RELOJ con
bastón*

LISUARDO: Aguarda, Garci-Fernández,
            que ya va don Lisuardo,
            y el sol, conde de Castilla,
            aún no ha llegado al ocaso.
GARCI: ¡Notable valor!
LISUARDO: Aquí
            me tienes ya, castellano;
            que el valor más que el peligro
            conmigo ha podido tanto
            que, habiéndome dado Linda,
            por una puerta del cuarto
            de Ordoño libertad hoy
            con piadoso pecho humano,
            y sabiendo en el camino
            que me retabas llamando
            a mi rey a desafío,
            venciendo por el agravio
            con el honor el temor

de la muerte, desarmando
un soldado de los tuyos
que hallé en el Ezla apartado
de su cuartel, me presento
antes que se haya ausentado
el sol a volver por mí,
como quien soy, disculpando
a mi rey, y juntamente
a cobrar determinado
vengo una banda qué tienes
contra mi gusto, pensando
que era tan sufrido yo
como he sido desdichado.

GARCI: Soberbio vienes.
LISUÁRD.   Resuelto
     dirás mejor.
GARCI: Tan bizarro
     no te imaginé jamás.
LISUARDO: Pues has estado engañado;
     que esto que ves es lo menos
     que parezco.
GARCI: ¿Qué aguardamos
     a palabras si hay aceros?
LISUARDO: Eso es lo mismo que aguardo.
LINDA: Deteneos, y pues es
     aquestra banda que traigo
     por los ojos la que dice,
     quiero volverla a su mano
     del conde, con esta mía
     de esposa, porque en el campo
     defenderla mejor pueda
     del conde don Lisuardo;
     que pues está declarada
     la nulidad y han estado
     prendas mías en poder
     del de Castilla esperando
     esta elección, lo que he hecho
     será al gusto de mi hermano,
     que si repara en que di
     la mano a don Lisuardo,

para besar cada día
la doy a cualquier vasallo.
Acuda a su obligación,
como es razón, entretanto
que del conde de Castilla
soy mujer.
GARCI: Yo soy tu esclavo.
LISUARDO: Yo, hermosa Sol, si merezco
la tuya, digo otro tanto.
SOL: Tuya soy.
ORDOÑO: Heroicamente,
Linda, el pleito has sentenciado;
dadme, conde de Castilla,
los brazos.
GARCI: Siempre mis brazos
han de estar a tu servicio
con eterna amistad.
LISUARDO: Danos
tus manos a mí y a Sol.
ORDOÑO: Quiero también abrazaros.
RELOJ: ¿No sobrará.para mi
algún codo de un abrazo,
pues soy de los delincuentes
que se han vuelto a Dios?
ORDOÑO: A Lauro,
a Ramiro y a Fruela,
que están en esto culpados,
haré contigo merced.
RELOJ: Vivas tres hanegas de años.
ORDOÑO: Vamos a León.
LISUARDO: Con esto
da fin, dichoso senado,
para fines más dichosos
la romera de Santiago.

FIN DE LA COMEDIA